www.tredition.de

AF197421

Roland Soini wurde 1941 in Salzburg geboren. Universitäre Ausbildung in Werbung und Marketing mit Schwerpunkt Investitionsgüter. Er war Marketingleiter eines international tätigen Großunternehmens des Maschinenbaus und Gewinner des österreichischen Maecenas Kunstsponsoringpreises. Zum Thema Kultursponsoring im Marketingmix hielt er Vorträge an Universitäten und in Kammerorganisationen. Auslandsaufenthalte in der Schweiz, Deutschland und Norwegen. Er lebt mit seiner Familie in Salzburg.

Doris Foditsch wurde 1949 in Essen, NRW., geboren. Als gelernte Buchhändlerin verbrachte sie einige Jahre in Mexiko-City, Barcelona, Pretoria, Madrid und Wien. Die Teilnahme an Proseminaren an der Universität Salzburg kanalisierte ihren Wunsch zu Schreiben in diesem Projekt. Sie lebt mit ihrer Familie in der Nähe von Salzburg.

Roland Soini & Doris Foditsch

Perfide

Die Personen und die Handlung im Buch sind frei erfunden. Etwaige Ähnlichkeiten mit tatsächlichen Begebenheiten oder lebenden bzw. verstorbenen Personen wären rein zufällig.

© 2016 Roland Soini, Doris Foditsch
Lektorat: Dr. Sabine Brettenthaler

Verlag: tredition GmbH, Hamburg

ISBN
Paperback: 978-3-7345-3494-2
e-Book: 978-3-7345-3537-6

Printed in Germany

Die Personen

Matteo	Der Erzähler
Rinpoche G.	Ein Anwalt
Daphne A.	Eine Lehrerin
Attila P.	Ein Berater
Ix Chebel Yax	Eine Maya
Kukulcán	Bruder von Ix Chebel Yax
Irrsiegler	Ein Museumswärter

PROLOG

Als sie die Stelle erreichten, wo das Attentat geschehen war, verweilten sie in Gedanken an Sissi voller Ergriffenheit und schämten sich ihrer Tränen nicht. Deshalb bemerkten sie die zwei nach der Mode um 1900 schwarz gekleideten Herren erst, als diese auf sie zutraten und freundlich grüßten. Man sei erfreut, sie beide zu sehen, denn man sehe in G. die Inkarnation von Franz Ferdinand und in Elvira jene von Kaiserin Elisabeth.

Beide sprachen nun im Duett: „Wir sind Gavrilo Princip und Luigi Lucheni. Wir müssen immer wieder tun, was wir einst getan. Gavrilo hat den Revolver und Luigi die Feile."

Dann hallte der Schuss laut über den Genfersee, die Feile aber war ganz leise.

Daphne A. sucht einen Ersatz für Rinpoche G.

Es begab sich, dass die Daphne A. (in der Folge nur A. genannt) den Matteo traf und ihn mit Nachdruck ersuchte, in seinem großen Bekanntschaftskreis nach einem Ersatz für den Rinpoche G. (in der Folge nur G. genannt) Ausschau zu halten und dann so rasch wie möglich ein Treffen mit diesem zu vereinbaren.

Matteo wisse ja, was sie von G. halte, sie brauche ihm da nichts vorzumachen, man kenne sich ja lange genug. Weshalb sie mit G. einen Teil ihrer Zeit verbringe, habe nichts mit Zuneigung zu tun, da sei sie weit entfernt davon. Sie empfinde es als widerlich, wenn er überall herumerzähle, sie wäre seine Freundin.

Einmal, Matteo möge sich das vorstellen, habe G. sogar in der Bar des Hotels Astoria in stark angeheitertem Zustand einem Berufskollegen von ihr, der noch dazu in der gleichen Schule unterrichtete, vertraulich mitgeteilt, er werde sie in den nächsten Wochen heiraten. Ein glücklicheres Brautpaar als sie werde es wohl kaum je gegeben haben; man sei verliebt bis über beide Ohren. Es habe sich eben ausgezahlt, wenn er zu ihr immer überaus großzügig gewesen sei.

Wie peinlich ihr das gewesen sei, der Kollege habe das während der Pause im Lehrerzimmer erzählt, da sei der ganze Lehrkörper anwesend gewesen.

Zwei Kolleginnen hätten sich von ihr weggedreht, weil sie das Lachen nicht haben unterdrücken können. In einer Provinzstadt kenne ja jeder jeden, so wussten alle, wer G. sei.

Die Kolleginnen wären ja immer neidisch gewesen, wenn sie mit einer Jewellery von Fope Gioielli aus Vicenza ankam, Kleider von Laura Biagiotti trug, die man in der Provinzstadt gar nicht kaufen könne, abwechselnd ihre Patek Philippe Celestial und Breitling Bentley trug. Für diese Plebejerinnen wäre ja das höchste eine Rolex! Denen musste sie erklären, dass eine Rolex im Vergleich zu ihren Uhren wie eine Swatch sei; ob sie den Ausdruck Fleischermanschette noch nie gehört hätten.

Die hätten ja keine Ahnung gehabt, dass sie mit G. Urlaube verbracht und er sich aus Dank dafür nicht kleinlich gezeigt habe. Wenn sie gefragt wurde, woher sie denn das viele Geld nehme, hätte sie gesagt, sie entstamme einer alten Familie. Die Eltern hätten Ländereien im Süden des Kleinstaates und eine Fabrik in der Nähe der Hauptstadt besessen, da habe sie einiges geerbt. Matteo möge verstehen, das war eine Notlüge, aber nun wüssten alle, dass G. der Big Spender gewesen sei. Jedoch mit ihr treibe man keinen Schabernack: die beiden Kolleginnen, die ihr vor lauter Lachen den Rücken zugedreht hatten, habe sie für deren Häme büßen lassen.

Matteo möge ihr einen kleinen Exkurs gestatten, denn es dränge sie, ihm diese Geschichte zu erzählen: Als sie turnusmäßig den Kaffee in der Schule

9

für die lange Pause zubereitete, habe sie den beiden die achtfache Menge eines geruchlosen Laxativums in die Tassen gekippt. Sie müsse jetzt noch lachen, Matteo könne sich nicht vorstellen, was sich dann beim Elternabend abgespielt habe. Barbara, die eine Kollegin, habe die etwa dreißig Elternpaare in Vertretung der Direktorin im Festsaal willkommen geheißen. Verstärkt durch ein zu scharf eingestelltes Mikrophon, habe man nach „Meine lieben Eltern, ich darf Sie im Namen des Lehrkörpers und stellvertretend für die Direktorin herzlich willkommen heißen" ein eindeutig zuordenbares Geräusch gehört, dem ein rasanter Spurt durch den Gang zwischen zwei Reihen lachender Eltern in Richtung Damentoilette gefolgt sei, die aber besetzt gewesen war, weshalb sie als Vertretung habe einspringen müssen.

Bei Elvira, der anderen Kollegin, habe die Wirkung erst am nächsten Morgen eingesetzt, dafür aber eruptiver. Elvira sei von ihrem Freund, den sie, weil schon etwas älter und von bescheidenem Aussehen, herbeigesehnt und erst eine Woche gekannt habe, mit seinem am Vortag gelieferten VW Passat zur Schule gebracht worden.

Von ihr sehnlichst gewünscht: Freund steigt aus, öffnet ihre Wagentüre, hilft beim Aussteigen, indem er ihr zärtlich unter die Arme greift (für die Kollegen mit Erfahrung ein eindeutig erotisch unterlegter Akt). Dann ein liebevoller Blick, je ein Kuss auf die linke und rechte Wange, dann länger auf den Mund.

Das alles von den Kolleginnen neidisch beobachtet: so habe Elvira sich das vorgestellt. Doch es kam völlig anders.

Sie gebe zu, sie sei jetzt noch voller Schadenfreude: Die Beziehung Neufreund und Elvira habe noch am Schulhof geendet. Lehrer wie Schüler hätten zu hören bekommen, für die Reinigung des Sitzes habe Elvira aufzukommen, und wenn eine solche technisch nicht möglich sei, werde er auf ihre Kosten einen neuen Passat bestellen. Schaue sie sich doch den weißen Ledersitz an, auf dem sie gesessen habe. Ihr dort abgelegtes Odeur speichere sich in diesem und würde auch an die Innenverkleidung des Wagens in kleinen, aber gut riechbaren Dosen abgegeben. Er wolle nicht jeden Tag an sie erinnert werden, vielleicht sei sie noch nach Jahren riechbar. Das halte er nicht aus, zumal er aus der Kosmetikbranche komme und gute Gerüche sein Geschäft seien. Sein Anwalt werde sich mit ihr in Verbindung setzen. – Sie schäme sich nicht für ihre Rache, sagte A. zum Matteo, mit ihr sei eben nicht gut Kirschen essen.

Es habe bisher nur ein kleiner Teil ihrer Bekannten von G. gewusst, weil sie sich seiner geschämt habe. Jetzt würden die Kolleginnen das wohl überall in der Provinzstadt herumposaunen, das sei peinlich, aber nicht mehr zu ändern. Wie Matteo wisse, sei G. um fünfzehn Jahre älter als sie, fahre ein amerikanisches Zuhälterauto und bewege sich so steif, als trüge er Windeln wegen Blasenschwäche. Und dann die Haare, die schössen ja den Vogel ab, vom

Homo erectus bis heute habe noch nie jemand so eine Frisur getragen.

Sie habe immer Vertrauen zu ihm, Matteo, gehabt, deshalb halte sie jetzt mit nichts hintan. Es sei ihr heute ein Bedürfnis, sich einmal richtig auszusprechen. Ohne sich zu überschätzen, sei sie eine attraktive Frau, man drehe sich um nach ihr, manche Männer, sie genieße das, zögen sie mit ihren Blicken aus. Die Frauen wären neidisch, weil sie das darstelle, was die sich wünschten darzustellen, es aber nie erreichen würden, aber das verdrängten sie, bei Tageslicht mieden sie jeden Ganzkörperspiegel, nur um nicht sehen zu müssen, wie unattraktiv sie seien. Er, Matteo, sage nichts dazu, aber sie wisse, er meine, da habe sie sogar noch untertrieben, und das sei nett von ihm.

Schaue man sich jetzt den G. an, einen größeren Kontrast zu ihr könne es doch gar nicht geben.

G. sei doch ein Quasimodo! Dieser sei aber nur hässlich gewesen, von langweilig oder ungebildet keine Spur, da sei nichts davon zu lesen. G. habe keine Ahnung, wer Quasimodo sei, Victor Hugo sei ihm deshalb genauso wenig bekannt wie Giacomo Puccini, Liszt oder Bach, an Grillparzer erinnere er sich vage. Caligula hingegen kenne er, weil er es als Pferdeliebhaber lobenswert finde, dass jener sein Lieblingstier zum Senator habe machen wollen.

Warum sie mit G. dennoch so lange eine Verbindung aufrecht gehalten habe, das wolle sie für sich behalten, aber es gebe gute Gründe dafür, die sich jedoch, sollte Matteo einen Ersatz für G. finden, in Luft auflösen würden.

Als polyglotte und kultivierte Frau leide sie auch unter G.'s mangelndem Esprit, manchmal wirke er schlafend spritziger als im wachen Zustand. (A. bog sich über dieses Bonmot vor lachen.) Darüber hinaus sei er extrem konservativ wie egozentrisch, und obwohl Akademiker, allerdings nur Jurist, gehe sein kulturelles Niveau über das eines begabten Pflichtschülers kaum hinaus.

G.'s intellektuellen Ansprüchen genüge der „Playboy", indem er nicht einmal lese, sondern sich nur die Bilder ansehe. Matteo wisse ja, wie sehr manche Männer durch solche erregt werden, und G. gehöre zu diesen. Dann habe G. noch ein Automobilmagazin abonniert, er sei ein Autoenthusiast, für einen Bentley würde er seine Großmutter verkaufen. Einmal werde er einen besitzen, habe er zu ihr gesagt, sie müsse ihm das glauben. (A. ahnte nicht, welch bedeutsame Rolle diesem Automobil Jahre später zukommen sollte.)

G. sei noch nie in einem Theater gewesen, er besuche keine Oper, die Existenz von Lesungen sei ihm gänzlich unbekannt, Bücher benutze er zur Dekoration in seinem Wohnzimmer, das den Namen nicht verdiene, da es den zurückhaltenden Charme einer Gruft vermittle. Orte, wo sich mehr als zwanzig Personen aufhalten würden, meide er, da er es als sicher erachte, dort potenziellen Viren-, Bakterien- oder Bazillenspendern ausgesetzt zu sein. Auch grause es ihn vor Stühlen, wo vor ihm schon jemand gesessen habe. Sein Gesäß erfühle wie ein Seismograph die abgegebene Wärme des Vorsitzers noch nach einer halben Stunde, und davor grause ihn. Allein wenn er sich vorstelle, dass dieser Hämorrhoiden gehabt haben könnte, werde ihm sofort schlecht. Das sei doch im höchsten Grade paranoid. Warum Matteo nicht schon längst frage, wie sie das habe aushalten können, er erwecke bei ihr den Eindruck, dass er ihr nicht richtig zuhöre.

Von ihr verlange G., sie müsse das Bemühen um seine Gesundheit wertschätzen, das erwarte er, hinge er doch wie jeder normale Mensch an seinem Leben. Auch sei er überzeugt, Hypochonder würden eben sorgfältiger auf ihren Körper achten als andere, deshalb seien sie wertvollere Menschen als die Vegetarier, die sich mit Grünzeug und Körnderln ruinierten, und so den Körper als Geschenk Gottes missachteten.

Die Grünen, die linken Altruisten und die Zuwanderer aus Süd und Ost verachte er, dabei habe er besonders die Türken im Auge, allein deren Geruch nach Knoblauch und Kümmel mache ihn schon krank. Im positiven Sinne sei er reaktionär und stehe hinter allen Klerikern, die den geschiedenen Wiederverheirateten und Homosexuellen die heiligen Sakramente verweigern würden. Es stünde doch schon im Alten Testament: die es mit Gleichen trieben, seien zu steinigen. Wenn es nach ihm ginge, höbe er als erster den einen Stein auf.

Auch vertrete er mit Überzeugung die Ansicht, Monarchien seien die beste Regierungsform, den Demokratien hausweit überlegen. Und wenn er sich erst die EU anschaue, die würde noch den ganzen Balkan aufnehmen, und mit den Türken werde bereits ergebnisoffen verhandelt. Da könne sich dann jeder ausmalen, welche Typen bei uns aufkreuzen werden, ganze organisierte Bettlerbanden aus Rumänien müsse man jetzt schon ertragen.

Dann die sogenannten Kriegsflüchtlinge, das seien alles junge Männer, warum die nicht in ihrem Lande für ihre Überzeugung kämpften, das seien ja alles Deserteure. Bei uns müsse jeder zum Militär, der tauglich sei, da könne keiner so einfach abhauen, wenn die Heimat ihn brauche.

Die Politiker in unserem korrupten Kleinstaat seien untereinander zerstritten und unfähig, diesen Missständen ein Ende zu bereiten. An unseren Ahnen versündige man sich, die mit Fleiß und viel Arbeit uns einen veritablen Wohlstand hinterlassen haben, den man nun an kulturlose Zuwanderer verschleudere. Schön weit seien wir gekommen, ihm, G. käme da das Grausen.

Matteo möge sich vorstellen, G. sei ein glühender Anhänger von Opus Dei und der Loretto-Gemeinschaft, und für den Islam habe er schon gar nichts übrig, da ja auch die Türken diesem angehörten. An Papst Johannes Paul II. habe ihn nur gestört, dass er Pole gewesen sei, sonst habe er ihn bewundert, auch weil er im Vatikan Exorzisten habe ausbilden lassen. Manchmal würde ihm der Gedanke kommen, auch ich wäre von Satan und Beelzebub besessen. Was sage Matteo zu so einer Frechheit?

Wenn G. betrunken sei, was unter der Woche häufig, an den Wochenenden fast immer vorkomme; er trinke dann bis zu sechs Cola mit Malt Whiskey, und das nach einer Flasche Beaujolais, dann sage er ihr solche Dinge ins Gesicht. Er lasse da seinen Aggressionen ungezügelten Lauf, da kämen seine Komplexe nach oben, für die es freilich gute Gründe gebe.

Körperlich halte sie G. nur aus, weil es ihr durch Autosuggestion gelänge, seinen Kopf auszublenden und an seine Stelle jenen ihres geliebten Ara-Papageis „Brutus" zu setzen.

Matteo wisse, welche Bedeutung Ästhetik für sie habe, so beurteile sie deshalb nicht nur Gegenstände nach dem Goldenen Schnitt, sondern auch den menschlichen Körper. Und da falle der von G. ja völlig aus dem Rahmen; einen so großen Rahmen gebe es gar nicht, dass er darin Platz fände.

Schwer erträglich wären für sie auch G.'s Hamsterbacken, die man einzeln gesehen als solche benennen könne, die in ihrer Zweisamkeit von links und rechts jedoch eher der Teilphysiognomie eines

Jungschweinekopfes ähnlich seien. Dann wären da noch seine wulstigen Lippen, die unehrlich Sinnlichkeit vorschützten würden, weil er ja alles andere als potent sei. Und dann das fleischige, schon jetzt ungestüm nach unten drängende Doppelkinn, das bei ungünstiger Kopfhaltung zu einem Dreifachkinn sich entwickle.

Über G.'s Haare müsse sie Matteo nichts erzählen. Dennoch könne sie auch jetzt nicht umhin, darauf hinzuweisen, wie sehr sie sich vor seinen von unten nach oben und dort im Kreise mit Unmengen von klebrigen Sprays zementierten Haaren ekle. Sie weiche jeder Berührung derselben aus, um einer sonst nicht ausbleibenden Übelkeit zu entgehen. Aber nicht nur vor seinen Asbestfäden ähnelnden Haarsträhnen grause sie. Sie versuche auch bei ihren Urlauben jede körperliche Berührung zu vermeiden. Sie schliefen in ihrer Suite wie ein Geschwisterpaar, das sich nicht mag, aber eben in einem Zimmer schlafen müsse.

Und die Haare überhaupt, darauf müsse sie nun doch näher eingehen, denn so etwas habe die Welt noch nicht gesehen. Seine Haare seien für G. wichtiger als für sie die Absolution bei der Beichte, und die sei ihr enorm wichtig. Auch wenn Matteo das nicht glauben werde, aber sie wisse oft nicht, was sie überhaupt beichten solle. Sie lüge ihren Beichtvater manchmal an mit Sünden, die sie gar nicht begangen habe, erst durch diese Lüge habe sie endlich eine Sünde, für die sie um Vergebung bitten könne.

Nun weiter zu G.'s Haaren: Die habe er an der Schädeldecke schon mit zwanzig fast gänzlich verloren, und mit fünfundzwanzig war er dort völlig kahl. Seine volle Liebe habe nun jenen im Halbkreis ab Ohrenoberkante verbliebenen gegolten. Die habe er wachsen lassen, bis sie an den Seiten die Ellbogen erreicht hätten, und die hinteren das Steißbein. Natürlich sei er so nicht auf die Straße gegangen, das wäre ja was gewesen. Nein, seine Mutter habe ihm den Trick beigebracht, seine Haare von unten nach oben zu befördern, und sie dann auf der Schädeldecke in drei Kreisen abzulegen und mit einem Sprühkleber, wie man ihn beim Affichieren von Plakaten verwende, zu fixieren.

Das sähe dann so aus, als trüge er eine Basketballmütze ohne Schild. Wenn ein Materialtester mit verbundenen Augen seine Hand auf G.'s Haargebilde legte, meinte er wohl, es handelte sich um Eternit. Mutter und G. aber waren begeistert, er sähe nun wie ein Latin-Lover aus, sie als Mutter sei stolz auf ihn. Matteo wisse ja, wie weit Mütter sich in der Beurteilung ihrer Lieblinge von der Realität entfernten.

Die ersten vierzehn Tage hätten Mutter und G. jeden Morgen gemeinsam geübt, dann wäre G. so weit gewesen, dass er den Schwung heraus gehabt hätte. Der Zeitaufwand sei beträchtlich gewesen, auch weil G. aufgrund eingeschränkter Beweglichkeit durch eine schlimme Krankheit am Bewegungsapparat (da täte er ihr schon leid) die Hände nur kurze Zeit über dem Kopf habe halten können, dann habe er immer wieder eine Pause einlegen müssen. Sie wisse das von den gemeinsamen Urlauben, wo G. das Badezimmer mit Toilette für zwei Stunden nicht freigegeben habe.

Einige Male, Matteo wisse, dass sie einen gesunden Appetit habe, der bei ihr symbiotisch auch mit einer gesunden Verdauung einhergehe, habe es schlimme Szenen gegeben. Aber G. sei da gnadenlos gewesen, weshalb sie einmal, so schnell sie konnte, ins Hotelfoyer gelaufen sei, weil sie dort eine Public Toilette in Erinnerung gehabt habe. Diese sei, Gott sei Dank, unbesetzt gewesen, weil es den gläubigen Burka-Trägerinnen aus Saudi Arabien streng verboten sei, öffentliche Toiletten zu benutzen. Dafür habe sie sich an G. gerächt, indem sie nachts, G. habe so tief wie ein Säugling geschlafen, die Klimaanlage auf fünfzehn Grad gestellt habe (dem G. war immer zu kalt, ihr immer zu heiß). Am Morgen habe ihn dann ein heftiger Husten gequält, der bis zum Ende des Urlaubs angehalten habe. Sie habe aber kein schlechtes Gewissen gehabt; man könne mit ihr eben ungestraft nicht alles machen.

Im Grand Hôtel du Cap-Ferrat im August habe G. seine Haare manchmal drei- bis viermal von unten nach oben, und dann im Kreis auf die Schädeldecke zementiert. Wenn es besonders schwül gewesen war, habe er die klimatisierte Suite gar nicht verlassen wollen. Da habe er es mit ihr aber schlecht erwischt, weil sie beim Maître Françoise, mit dem sie seit langem per Du gewesen seien, einen Tisch für vier Personen bestellt habe (sie brauche Platz beim Essen). Dieser Termin sei einzuhalten, habe sie G. deutlich zu verstehen gegeben. Sie könne vor Hunger kaum noch stehen, und es sei ihr egal, wenn am Tisch seine Basketballmütze ohne Schild auf die linke oder rechte Schulter rutsche.

Das Essen sei dann gut verlaufen, es zahle sich eben aus, sich mit dem Personal gut zu stellen, auch wenn man dafür scheele Blicke von manchen Hotelgästen ernte. Maître Françoise habe, kaum hätten sie Platz genommen, ungefragt, aber sehr willkommen, das übliche Glas Champagner, dann gleichfalls ungefragt, vom Salat die doppelte und vom köstlichen Spinat mit Knoblauch die dreifache Menge gebracht. Das habe sich so verlässlich eingespielt wie ein Schweizer Uhrwerk ticke, und wie angerührt die an den Nebentischen dreingeschaut hätten, das wäre ihr eine große Befriedigung gewesen.

G. habe sich anfangs allerdings erst an die Höhe der hier üblichen Trinkgelder gewöhnen müssen, dann eher mehr als mancher Saudi gegeben. Er sei dafür aber laut vom Maître mit „Bonsoir, Monsieur le Docteur" begrüßt worden. Und habe dann vertraulich zu ihm auf Deutsch gesagt: mein lieber G., heute darf ich dir besonders die Wachteln an burmesischem Wildreis empfehlen.

Jetzt falle ihr noch etwas ein, was sie Matteo erzählen müsse, er werde sich totlachen: G. sei mit ihr wieder am hoteleigenen Strand gewesen, das Wasser war ruhig wie natives Olivenöl, da habe G. sich abkühlen wollen, 37 Grad im Schatten habe das Thermometer angezeigt. Mit ungewohnt hastigen Tempi sei er etwa zwanzig Meter ins offene Meer hinaus geschwommen, dabei habe er den Kopf wie ein Entlein steil nach oben gehalten, dass ja kein Wassertropfen an seine Zementfrisur käme. Doch nun, sie müsse jetzt ein schallendes Lachen unterdrücken, sei unerwartet eine Motorjacht mit türkischem Hoheitszeichen aufgetaucht und ursächlich für ein paar Wellen gewesen, die über G. hinwegschwappten und seine Betonfrisur dem Genuss der freien Entfaltung hingegeben hätten.

Wie G. so dem Wasser entstiegen sei, die Haare bis zum Ellbogen und Steißbein herunterhängend, habe das Publikum unterschiedlich reagiert: Einige hätten vor Lachen kaum noch stehen können, andere seien nach ihren Fotoapparaten gerannt, eine Aristokratin aus Verona vergaß, dass sie ein Stück Wassermelone im Mund hatte und in einem Lachanfall die schon zerkleinerten Stücke einer neben ihr stehenden dunkelhäutigen Dame an den Hals spuckte, was an dieser ein nicht uninteressantes, gesprenkeltes Muster entstehen ließ.

Am schlimmsten aber waren die gut gewachsenen jungen Araber aus fürstlichen Häusern mit ihren gegelten Haaren und den Sixpacks, die G. umringt hatten und ihn baten, das Schauspiel morgen noch einmal zu wiederholen, man sei auch bereit, dafür zu bezahlen.

G.'s Zustand sei ob des Vorfalls besorgniserregend gewesen: Seine schon beschriebenen Bäckchen hätten ein zitterndes Eigenleben geführt, keiner Sprache zuordenbare Laute habe er ausgestoßen, es habe sich schaurig angehört, weshalb die exaltierte Stimmung in Mitleid umgeschwenkt und eine peinliche Stille sich über die Szene ausgebreitet habe. Bei ihr habe die Schadenfreude aber angedauert, von Mitleid sei sie weit entfernt, aber besorgt um ihr Image gewesen. Im Speisesaal von den Hotelgästen ausgelacht zu werden, das hätte gerade noch gefehlt. Deshalb habe sie G. ihr geblümtes Badetuch über den Kopf gestülpt und ihn wie ein Kind an der Hand ins Hotel geführt, wo sie zu allem Überfluss dem Maître begegnet seien, der mitfühlend gefragt habe, ob denn seinem lieben Docteur etwas auf den Kopf gefallen sei.

Und weil sie schon dabei sei, da gebe es noch eine köstliche Begebenheit aus Biarritz, Matteo möge sich auf etwas gefasst machen: Sie und G. besuchten dort das weltbekannte Casino, in dem zu Beginn des zwanzigsten Jahrhunderts russische Magnaten Schlösser, Ländereien und Leibeigene verspielten. Sie und G. versuchten ihr Glück beim Roulette mit bescheidenen Einsätzen, man gewann ein wenig, verlor es wieder, und so ging es eine ganze Weile, es war langweilig. Sie sei keine Spielerin und drängte deshalb ins hauseigene Restaurant, das wegen seiner Küche, aber auch wegen der illustren Gäste zum Interessantesten gehörte, was Biarritz zu bieten hatte. Sie wählte einen Tisch in der Nähe einer gemischten Gesellschaft, die ihr Interesse geweckt hatte, weil die Herren gut aussehend gewesen seien und man in Englisch, Spanisch, Italienisch und Französisch parlierte; Matteo wisse, dass sie diese Sprachen beherrsche.

Nach Beendigung des Dinners, das geschmacklich hervorragend gewesen sei, die Portionen aber zu klein, Nouvelle cuisine eben, sei sie dann nach drei Gläsern Pommery in allerbester Laune gewesen, habe den Herren am Nebentisch zugelächelt, die sie schon die ganze Zeit nicht aus den Augen gelassen haben. Das habe G., der wie Matteo wisse, krankhaft eifersüchtig sei, bemerkt, und wie in solchen Situationen immer, seine wulstigen Lippen zu einer Schnute geformt. Auf ein kaum merkbares Nicken ihrerseits erhob sich ein Herr (später stellte sich heraus, dass es der jüngere Earl of Sussex war) und sagte, er und seine Freunde würden es als Bereicherung ihrer Gesellschaft betrachten, wenn die Dame und der Herr die Freundlichkeit besäßen, an ihrem Tisch Platz zu nehmen. Mit Freude habe sie die Einladung angenommen, dem G. sei gar nichts anderes übrig geblieben, als mit ihr in der Runde Platz zu nehmen.

Man parlierte dort gerade auf Italienisch, und sie wurden auch in dieser Sprache willkommen geheißen, weltmännisch freundlich, aber nicht so tapsig-vertraulich wie man das in der heimischen Provinz-stadt häufig erleben müsse.

Sie hatte schon eine Vorahnung, dass G. im Laufe des Abends in ein Fettnäpfchen treten würde und stellte ihn vorsichtshalber als ihren Chauffeur vor, fügte jedoch erklärend hinzu, dass seine Familie bereits in dritter Generation der ihren diene, was erkläre, dass er zugegen sei.

Es entspann sich eine ungezwungen herzliche Unterhaltung, man informierte sie, wer man sei: es gab zwei verheiratete Paare aus Biarritz, eine alte Dame mit grauen Haaren und ihren Neffen aus Flo-renz (was für ein schöner Italiener).

Der Neffe habe sie mit leiser Stimme informiert, dass seine Tante vor ihrer Demenz an der Universi-tät von Padua eine Professur für römische und grie-chische Geschichte der Antike innehatte, und ihre Vorlesungen sowohl in Altgriechisch wie in Latein abhielt. Sie lebe in einer anderen Welt, ordne histori-sche Personen und Ereignisse zeitlich beliebig, ver-wechsle also Vergangenheit, Gegenwart und Vor-vergangenheit. Am besten sei es, man überlasse sie sich selbst. Die Runde wurde komplettiert durch eine Dame aus Frankreich, die ein Weingut in der Campagne besaß, und den Besitzer einer Super-marktkette aus Madrid.

G. war als A.'s Chauffeur für die illustre Runde nicht mehr vorhanden. Er zog beleidigt Schnute um

Schnute, denn wie viele Juristen seiner Generation konnte G. keine Fremdsprache, an wenige lateinische Redewendungen erinnerte er sich vage und verstand demzufolge nicht ein Wort der Unterhaltung. Auch war er wütend und eifersüchtig, weil A. von den Herren umschwärmt wurde. Für ihn war das in höchstem Maße ungehörig, doch fand er vorerst kein Mittel, um auf seine Person aufmerksam zu machen.

Als er den Kellner an der Türschwelle verweilend erblickte, erkannte er die Chance, sich als Lateiner in Szene zu setzen. Mit erhobenem linken Arm rief er lauthals: „Ante portas servus", womit er sagen wollte, er möge die Türschwelle verlassen und sich zu ihm begeben. Kellner, Oberkellner und der Chef de Service starrten fassungslos auf ihn, aber die grauhaarige Dame am Tisch zuckte zusammen und rief mit gellender Stimme um Hilfe, weil nun Hannibal vor den Toren Roms stehe und sie doch mit Mussolini verlobt sei und von ihm ein Kind erwarte. Sie fürchte um ihr Leben und das des Ungeborenen.

G., der sich vage an Hannibal erinnerte, aber keineswegs an die ihm zugeordnete Aussage „Hannibal ante portas", war erstaunt über die allgemeine Irritation und erschrocken über die Reaktion der alten Dame. Nur ihr schöner Neffe, den sie als solchen erst akzeptierte, als er ihr seinen Reisepass zeigte, konnte sie beruhigen, indem er ihr versicherte, Hannibal sei nicht mehr vor den Toren Roms, sondern schon längst wieder in Spanien. Und dieser hässliche Dummkopf dort drüben sei der Bursche von Orlando Furioso, dem Paladin von Carlo Magno, und wenn Orlando mit seiner Nachspeise fertig sei, nehme er seinen Burschen mit auf die Herrentoilette und schlage ihm dort mit seinem berühmten Schwert Durendal den Kopf ab. Wenn Tantchen dann Orlandos Horn Olivant höre, könne sie sicher sein, dass dieser seine Arbeit erledigt habe.

Tantchen war beruhigt, küsste ihren Neffen und sagte, quisquis es noster eris, recht geschieht ihm. Im Übrigen freue sie sich, einen so netten und hilfsbereiten Herrn getroffen zu haben. Schade, dass sie sich nicht schon früher kennen gelernt hätten. Der Lord of Sussex bemerkte kühl, in England sei es nicht üblich, mit seinem Chauffeur an einem Tisch zu sitzen.

Was solle sie Matteo sonst noch erzählen? Reiche es nicht, was er vernommen habe? Auf den Punkt gebracht, gab sie Matteo zu verstehen, wäre G. Vergangenheit, ja eine Erinnerung an ihn Alzheimerdauerhaft gelöscht, wenn es ihm gelänge, einen G.-Ersatz zu finden, der in einer Symbiose körperliche Attraktivität und pekuniäre Potenz aufweisen sollte. Sicher habe Matteo schon von G. erfahren, und sie sei gerne bereit, es wieder zu bestätigen, dass zwischen ihr und G. keine sexuelle Bindung bestehe, ja eine solche nie zustande kam. Ein weit zurückliegender Versuch, ausgelöst durch einen Bojoule 1953 während einer milden mediterranen Sommernacht, scheiterte so überzeugend, dass an eine Wiederholung nie mehr zu denken gewesen sei. Nicht ohne Bosheit habe G. ihr zu verstehen gegeben, seine körperliche Unlust trete nur bei ihr wegen der abstoßenden Oberflächenkälte ihrer Haut auf. Gerne erinnere er sich an eine frühere Geliebte, deren Haut nach einer gemeinsamen Dusche durch die Oberflächenverdunstung gleichfalls kühl war, aber im Gegensatz zu ihrer auf ihn aphrodisisch gewirkt habe, was dann immer zu einer leidenschaftlichen Umarmung führte.

Sie als bekennende Katholikin danke Gott für G.'s körperliches Unvermögen, denn so könne sie die immer an Wochenenden und manchmal auch an Werktagen gemeinsamen Abendessen in den besten Restaurants der Provinzstadt so richtig genießen, ohne Angst haben zu müssen, dass G. zur Abrundung des Abends auf eine Gegenleistung poche. Wenn sie sich eine solche vorstelle, erfasse sie sofort ein Schwindel, ihr Mund werde trocken, und wie bei einem Tier, das vor einer Gefahr flüchte, verspüre auch sie dieses Urverhalten in sich, was einen gefährlichen Anstieg des Blutdrucks, verbunden mit Extrasystolen, zur Folge habe.

Die vierteljährliche Kompletteinkleidung in Mailand, London und auch in der Provinzstadt zusammen mit den drei bis vier Urlauben der Luxusklasse genieße sie mit der unschuldigen Freude eines beschenkten Kindes.

Als Gegenleistung für G.'s Investitionen in sie, die sie nicht einmal für angemessen halte, gestatte sie ihm, sich mit ihr in der Öffentlichkeit sehen lassen. Das erfülle ihn mit Stolz, das wisse sie. Sie wisse auch die taxierenden Blicke zu deuten, wenn man ihnen begegne: „Was besitzt dieser Gnom, was kann er, dass diese Frau in seiner Begleitung ist? Vielleicht versteckt sich ein Rasputin unter seinem Spitzbauch, oder er ist ihr Halbbruder, den gleichen Vater oder die gleiche Mutter können die beiden nicht gehabt haben." – Sie sei sensibel, sie könne solche Gedanken lesen, es sei so peinlich, kaum auszuhalten! Sie gebe G. also ungleich mehr als er ihr, man könne da von Gutmütigkeit ihrerseits sprechen, von einem guten Werk, der liebe Gott werde sie dereinst dafür belohnen.

Bisher hatte Matteo der A. eher unterkühlt, ja gelangweilt, zugehört. Jedoch mit zunehmender Dauer steigerte sich seine ohnedies vorhandene Abneigung gegen sie in beträchtlichem Maße. Er hatte A. immer schon in die Nähe der Beziehungsprostitution gestellt, die er übler einstufte als jene, zu der Frauen und Mädchen aus Not oder durch die Gewalt von Zuhältern gezwungen wurden. Unwesentlich gemildert, erstreckte sich Matteos Antipathie auch auf den G., der die Raubzüge von A. auf sein Bares, Kreditiertes und für das Alter Bestimmtes masochistisch zu genießen schien.

Sie gestehe dem G. hinsichtlich der Auswahl von Lokalitäten in der Provinzstadt und ihrer Umgebung hohe Begabung zu. Der Fairness halber sollten seine guten Seiten nicht unerwähnt bleiben. Sie verhehle auch nicht, und da sei sie mit G. einer Meinung, reichliches und gutes Essen, das sie jeweils mit dem von ihr so geliebten Pommery zelebrierten, sei das eigentliche Fundament ihrer Beziehung. Sie möchte aber auch andere Annehmlichkeiten nicht gering reden, das sei nicht ihr Wesen, so genieße sie auch die gemeinsamen Urlaube in Italien und Südfrankreich, wo sie in weltberühmten Hotels abstiegen. Die Kosten für eine Woche Halbpension mit abgeschirmtem Badeplatz entsprächen dabei ihrem Halbjahreseinkommen als Lehrerin.

Das Thema habe sie ja schon angeschnitten, aber sie wiederhole gerne, dass es sie immer wieder mit Genugtuung erfüllt habe, in Hotels von internationalem Renommee mit dem gehobenen Bedienungspersonal Bruderschaft getrunken zu haben. Nur einmal im Londoner Imperial sei der Versuch gescheitert, mit dem arroganten Head Waiter eine engere Beziehung einzugehen. Das vielleicht auch deshalb, weil G. weder des Englischen noch einer anderen Fremdsprache mächtig, und der Engländer sich weigerte, Deutsch zu sprechen.

Dass G. für ihre Garderobe aufkomme, wisse Matteo. Wie schon erwähnt, betrachte sie das als Gegenleistung, die ihr mehr als zustünde. Erst vor zwei Wochen habe G. in London eine nicht unbeträchtliche Summe für Kleider und zwei edle Handtaschen ausgegeben. Sie gebe zu, dass sie für letztere einen nicht erklärbaren Sammeltrieb verspüre und jetzt vierunddreißig Exponate allerbester Marken ihr

Eigen nenne. Sie wolle sich aber künftig bemühen, diese an sich harmlose Triebhaftigkeit einzuschränken. All das würde sie bei einer Trennung von G. vermissen. Sie sei aber hoffnungsfroh, G.'s Substitut wisse, wie sehr kleinere Geschenke die Zuneigung in einer Beziehung festigten.

Bei einer Trennung von G. gehe sie davon aus, dass er Gentleman genug sei, die in sie investierten Aufmerksamkeiten ihr zu belassen. Deren Auswahl sei von ihrem Gefühl für Schönheit und Exklusivität bestimmt gewesen, G. habe sich ja lediglich um die Abwicklung der Formalitäten kümmern müssen. Besonders hinge sie an ihrer Patek Philippe Celestial und der Breitling Bentley, wobei es bei letzterer eines energischen Hinweises bedurfte, diese als Weihnachtspräsent unter den Christbaum gelegt zu bekommen.

Sie wiederhole sich jetzt irgendwie, wolle dadurch aber nachdrücklich darauf hinweisen, dass R.'s. Protegé neben körperlichen Vorzügen in Bezug auf Großzügigkeit nicht allzu sehr hinter G. zurück stehen sollte, was untrennbar mit seinem finanziellen Status verbunden sei. G. verfüge beispielsweise über die „Schwarze Diners Club", und er verstehe es immer wieder, beim Begleichen der Rechnung durch eine geschickte Technik die Aufmerksamkeit der

Gäste an den Nebentischen auf seine „Schwarze" zu ziehen.

Auch wäre es ihr nicht unangenehm, wenn der G.-Ersatz etwa in ihrem Alter wäre. G. sei ihr ja fünfzehn Jahre voraus, auch darin läge ein kleiner Teil seiner schon bekannten Unvollkommenheit begründet.

Humorvoll auf ein Gesetz der Physik verweisend, meinte A. folgerichtig: Wo ein Körper ist, kann zur gleichen Zeit kein anderer sein. So könnte also Körper G. nicht dort sein, wo Körper-Substitut sei, auf den sie mit angespannter Freude warte.

Ein neuer Körper für Daphne A. taucht auf

Matteo hatte das Gespräch mit A. beinahe vergessen, bis er unerwartet von Attila P. angerufen wurde (in der Folge nennen wir ihn nur P.) und ihm sagte, es sei ihm zugetragen worden, er habe ein Beratungsunternehmen gegründet, und sollte man da nicht über eine Zusammenarbeit sprechen? Eine Beteiligung von P. am jungen Unternehmen des Matteo könnte einen gewaltigen Schub nach vorne auslösen. Er wisse ja über P.'s. Verbindungen in der Haupstadt, aber auch bundesweit kenne er Leute mit Einfluss, selbst in den benachbarten Ländern sei er bei Entscheidungsträgern nicht ohne Einfluss. Ob Matteo schon vergessen habe, wie er den Finanzminister des Kleinstaates anlässlich des von ihm organisierten Symposions „Erfolg durch Ehrlichkeit" mit den Worten „Mein lieber Hannes, verehrter Herr Bundesminister" aufgefordert hatte, eine Wortspende zu geben?

Neben der geschäftlichen Sache habe er auch noch ein delikates privates Anliegen, das könne er nur mit Matteo bereden, nur ihm vertraue er voll und ganz. Vorweg: der Vater seiner Frau, von dem man dachte, dass er ein krisensicheres Unternehmen im Bereich der elektronischen Leiterplattenherstellung besaß, hatte Konkurs anmelden müssen. Sein einziges Kind hätte einmal alles geerbt, das sei aber jetzt Schnee von gestern. Das Verhältnis zu seiner

Frau habe sich dadurch dramatisch verschlechtert. Einzig ihre Schuld, und nun wolle sie auch noch den mittellosen Vater in ihr gemeinsames Haus aufnehmen, ob Matteo nicht auch seiner Meinung sei, da könne man von seelischer Grausamkeit sprechen, wie Matteo wisse, sei das ein triftiger Scheidungsgrund. Gott sei Dank habe er vor seiner Hochzeit darauf bestanden, beim Haus zur Hälfte in das Grundbuch eingetragen zu werden, was dem damals noch hochsolventen Vater seiner Frau gar nicht gepasste hätte. Der meinte, nicht ihm, sondern seiner Tochter habe er das Haus zur Hochzeit geschenkt, aber er, P., hätte sich durchsetzen können. Noch einmal: Gott sei Dank! Jetzt habe er sich mit dem Anwalt seiner Frau geeinigt, bei der Scheidung das Haus zu verkaufen, und er erhalte die Hälfte des Erlöses.

Nun habe Matteo ja einen riesigen Bekanntenkreis, das wisse er, sicher fände sich darunter auch eine Dame mit Stil, die in sehr geordneten finanziellen Verhältnissen lebe. Eben eine, die zu ihm passe, Matteo kenne ihn gut genug, um zu wissen, was er damit meine. Matteo möge auch an eine jüngere Witwe denken, deren Gatte nur kurze Zeit etwas von der gemeinsamen Villa mit Hausmeister, Gärtner und anderen dienstbaren Geistern hatte, bevor er wegen Überarbeitung, und in Folge Herzinfarkt, seine Gattin alleine zurück lassen musste. P. sei Anfang Mai in der Provinzstadt, da könne man dann noch über andere Dinge sprechen. Es wäre nett, wenn Matteo im Toscanini eine gemütliche Ecke reservieren könnte, er liebe diese Cafés. Da kam dem Matteo die A. in den Sinn.

Matteo kannte P. seit Jahren und war fasziniert von ihm. Nicht wegen seiner Erfolge in einem Unternehmen der Hauptstadt, das gehobene Seminare und Public Relations zu unterschiedlichsten Themen anbot, und an dem außer der Wirtschaftskammer auch die Industrieellenvereinigung beteiligt war. Nein, Matteo bewunderte P. deshalb, weil dieser es geschafft hatte, sich in die Gefilde der absoluten Charakterlosigkeit zu katapultieren: Er war korrupt, hinterhältig, treulos, gierig, verlogen, niederträchtig und opportunistisch. Er trat mit genagelten Schuhen nach unten, buckelte nach oben, und um es nicht zu vergessen, war er dann noch geizig und schleimig. Weitere Eigenschaften könnten angeführt werden, würden aber an P.'s Vita nur wenig ändern.

P.'s Gene von seinen Urlis

Für die Wissenschaftler der Vererbungstheorie, die in der mittleren Vergangenheit großes Ansehen genossen hatte, wäre P. ein interessantes Forschungsobjekt gewesen. In ihm schlummerten die Gene von Urli-Opa und Urli-Oma, die in einer seltenen Ausprägung ursächlich waren für seine Hochbegabungen und sein beeindruckendes Erscheinungsbild.

Wenden wir uns zuerst P.'s Urgroßvater väterlicherseits zu, der seinen beruflichen Werdegang als Eintänzer in einem Etablissement im weltbekannten Ausnahmetalent bald einen hohen Bekanntheitsgrad ertanzte. Schon bald wechselte er von der Peripherie in die Etablissements der vornehmen inneren Bezirke. Dort war kein Fünf-Uhr-Tee mehr ohne ihn denkbar, und abends im Tanzpalast wurde er von den Damen sehnsüchtig erwartet. Geschmeidig wie ein Tiger im Dschungel, wirkte er animalisch anziehend auch auf Damen der besseren Gesellschaft, die während der Geschäftsreisen ihrer meist viel älteren Gatten die Gelegenheit nutzten, in seinen Armen trotz ihrer oftmals wuchtigen Körper fast schwerelos über das Parkett zu schweben. P.'s Urli war ein Paganini des Walzers links und rechtsrum, seine magyarisch feurigen Augen erinnerten an jene des Grafen Andrássy, wegen derer und wohl noch anderer körperlicher Vorzüge sich schon Sissi verbotenen Träume hingab und morgens in schweißnassen Laken aufwachte.

Urlis beruflicher Erfolg, und damit verbunden sein Einkommen, waren beachtlich. Er war auf Wochen hin ausgebucht. Es soll sogar zu einer Handgreiflichkeit gekommen sein, weil eine Dame der besseren Gesellschaft, die den Sonntagabend mit P.'s Urli gebucht hatte, diesen Termin wegen ihres Hochzeitstages, der ihr entfallen war, auf den Samstag vorverlegen wollte. Es kam deshalb zu einer heftigen Auseinandersetzung mit einer robusten Fleischergattin, die aufgrund des zu Ende gehenden Spitalsaufenthalts ihres Gatten unter Termindruck stand und ihre Reservierung für den Samstag deshalb mit brachialem Nachdruck verteidigte.

Was lag bei so viel Erfolg für P.s Urli näher, als das, was viele erfolgreiche Unternehmer tun: er diversifizierte. Aber anders als mancher Unternehmer, der in Bereiche diversifizierte, wo das nötige Knowhow fehlte, bestand Urlis Konzept in der zusätzlichen Nutzung seines geschmeidigen Körpers nun auch in der Horizontalen, wobei gegen ein nicht unbeträchtliches Agio als Einstimmung in die Horizontale ein zeitlich kurz begrenzter Tango dazu gebucht werden konnte. Die Diversifikation erwies sich als äußerst lukrativ, gestattete eine gehobene Lebensführung und den Kauf einer mittelgroßen klassizistischen Villa in schöner Hanglage am Wienerwald.

P.'s Gene von Urli-Oma

P.'s Urli-Oma stand der Karriere ihres Gatten kaum nach, und im Sinne von Gender und Gleichbehandlung ist anzuführen, dass sie einen nicht unbeträchtlichen Teil zum Familienbudget beitrug. Jedoch anders als beim vertikal und horizontal tätigen Gatten begann ihre Karriere mit einem glücklichen Zufall. Doch dann schaffte sie durch Einsatz und Ideenreichtum den Sprung aus dem grauen Nichts heraus nach ganz weit oben.

Im Hotel Sacher als Stubenmädchen tätig, war ihr Arbeitsplatz die dritte Etage, die „Belétage", wie sie genannt wurde. Hätte Urli-Oma in einer Etage darunter oder einer darüber die Betten gemacht, sie wäre unentdeckt geblieben. So aber machte sie die Betten in der dritten, dort, wo die jungen Herren aus fürstlichen Häusern logierten, wenn sie mit Damen von Stand und wenig Ehre das ausführten, was einst Teil ihrer Ausbildung war. Für diese engagierte man handverlesene junge Damen, die den Fürsten im Jünglingsalter das beibrachten, was sie später noch vor dem Ballern auf Hirsch, Reh, Gams, Hase und Steinbock am liebsten taten.

Der Zufall wollte es, dass der für die Fortpflanzungstechniken der jungen Fürsten zuständige Haushofmeister in der „Belétage" in einer Suite der mittleren Preiskategorie mit einer Dame niedrigen Adels und höheren Alters neue Ausbildungsmodule erproben wollte, um dem Unterricht neue Facetten hinzuzufügen. Es war für ihn eine Nacht der Enttäuschungen: das, was die Dame zunächst im strengen schwarzen Kostüm verbergen konnte, quoll ihm, als es von diesem befreit wurde, ungebremst entgegen. Das erschreckte seinen sensiblen Gesellen derart, dass dieser sich ohne Warnung schmollend zurückzog.

Die Erwartungen der Dame niedrigen Adels und entglittener Fülle waren vorerst nur teilweise erschüttert, denn sie durfte hoffen, dass durch gesunden Schlaf bei geöffnetem Fenster (die gute Wiener Luft) sich am Morgen alles zum Besseren wenden würde, was sich aber nicht bewahrheitete.

Es sei ihm peinlich, so der hochadelige Haushofmeister, aber er fühle seit Tagen eine Unpässlichkeit, und es läge nicht an ihr, dass die Nacht und der Morgen geschwisterlich verlaufen seien. Aber aus Gründen der Diskretion möge sie jetzt gehen, er müsse noch ein wenig ruhen, es gehe ihm wirklich nicht gut.

P.'s Urli-Oma (die Patronne d'Etage rief sie Mitzi, so wie sie alle Zimmermädchen Mitzi nannte) sah die Dame niedrigen Adels aus dem Zimmer treten, nahm an, dieses sei leer, trat deshalb ein und stand unerwartet dem vornehmen Herrn gegenüber, der sie nach einer kurzen Schockstarre mit ungläubigen Augen wie ein Wunderwesen anstarrte. Und tatsächlich, Mitzi war ein Wunder der Natur: Die strenge Tracht der Stubenmädchen (Grau in Grau) jener Zeit konnte nicht ansatzweise die wie von einem begnadeten Bildhauer der Renaissance gestalteten Rundungen glätten. Riesengroße, blaue Augen, die Unschuld vermuten ließen, und ein Mund, der selbst einen Eremiten veranlasst hätte, aus seiner

Behausung in fünf Metern Höhe nach unten in Mitzis Arme zu springen.

Der Herr des fürstlichen Fortpflanzungsunterrichts erkannte sofort: vor ihm stand eine Naturbegabung, vom Himmel geschickt für die von Gott bestimmten künftigen Lenker des großen Reiches. Selbst der Kronprinz, der diesbezüglich als ausbildungsunwillig eingestuft werden musste, weil er, obwohl im besten Jünglingsalter, lieber mit seinen Zinnsoldaten spielte, würde bei Mitzis Anblick sein Interesse verlagern.

Der hohe Herr klärte Mitzi auf, welch wichtige Position er ihr anbieten könne und wurde mit ihr rasch handelseinig. Die in Aussicht gestellte Dotierung verschlug Mitzi den Atem, und aus vorweggenommener Dankbarkeit küsste sie abwechselnd seine linke und seine rechte Hand. Mitzi zeigte sich zugänglich, als seine Exzellenz noch auf einer praktischen Überprüfung ihres Könnens bestand, das sei ein Formalakt, gehöre aber zu seiner Sorgfaltspflicht. Das Ergebnis war ohnegleichen: hatte sich der Gesell des Haushofmeisters bei der Dame niedrigen Adels schmollend zurückgezogen, gebärdete er sich bei Mitzi als Aufständischer, was sowohl ihn wie seinen Herren in Ekstase versetzte.

Wie erwartet, avancierte Mitzi zum Superstar bei den jungen Prinzen. Nach wenigen Unterrichtseinheiten wischte der Kronprinz seine Zinnsoldaten vom Tisch und verlor sich vor Freude jauchzend in Mitzis weichen Formen.

Ein gottesfürchtiger Jäger hat keine Zeit für die Mitzi

Nur ein Mitglied der Herrscherfamilie verschmähte Mitzis Dienste und ging einem anderen Hobby nach. Dieses Mitglied, es handelt sich um den vorgesehenen Thronfolger Franz Ferdinand, ballerte lieber auf Hirsche, Rehe, Gämsen, Hasen und Steinböcke und was aus der Luft nach unten geholt werden konnte.

Dieser Superstar der Knallerei war leidenschaftlicher Katholik, was ihn aber nicht daran hinderte, wenn nicht gerade im Gebet versunken, während seines kurzen Lebens 230.000 Stück Wild abzuknallen. In diesem Zusammenhang wird auch berichtet, dass man ihn während einer Schifffahrt auf dem Nil nur mit Mühe daran hindern konnte, mit der Bordkanone auf die sich am Ufer sonnenden Krokodile zu schießen, die nach Ansicht der alten Ägypter sogar heilig waren.

Beten und Ballern nahmen bei ihm so viel Zeit in Anspruch, dass er vermutlich für die Grundrechnungsarten die Finger nehmen musste und seine kulturelle Bildung sich in der Kenntnis des Familienstammbaums erschöpfte.

Die Rache der Viecher traf ihn Jahre später in Gestalt eines leidenschaftlichen jungen Tierfreunds aus dem südöstlichen Balkan, der auf den Knaller aufmerksam wurde und ihn total unsympathisch fand.

Er hatte noch andere Gründe, ihn nicht zu mögen, doch die stufen wir hier als unwichtig ein.

Unser Held versorgte schon mit 12 Jahren drei ihm zugelaufene Katzen, mit 14 schiente er das von einem Braunbären verletzte Bein eines Hundes, wachte Tag und Nacht bei ihm; stahl dem einzigen Jäger seines kleinen Heimatdorfes Gewehr, Munition und Fernglas, züchtete Brieftauben, und war selbstredend strenger Veganer. Als er, inzwischen über 18, erfuhr, der Tierekiller werde zu Besuch in der Landeshauptstadt erwartet, vermerkte er den Termin in seinem Kalenderchen und unterstrich ihn dick mit roter Tinte. Dann kaufte er mit dem Rest seines knapp bemessenen Taschengeldes von einem osmanischen Bankrotteur das einzige, was dem noch verblieben war, einen schuss-, aber nicht treffsicheren Trommelrevolver, und war daraufhin guter Dinge.

Als der große Tag anbrach, hatten die Schulkinder frei, um entlang der Straße dem hohen Gast zuzuwinken und Willkommenslieder und -gedichte aufsagen zu können. Das herzige kleine Töchterchen des Vizebürgermeisters, das Blumen überreichen und ein Gedichtchen aufsagen sollte, wurde prophylaktisch noch auf die Toilette „klein" geschickt.

Die Honoratioren der Stadt eilten zum Empfang ins Rathaus, ohne Frühstück, nur einen Schluck Slibowitz im Bauch, weil ihnen vor Aufregung über den hochgeborenen Gast jeder Bissen im Hals stecken geblieben wäre. Die Damen derselben schnürten ihre Mieder energischer als sonst, war doch auch die Erzherzogin angesagt, da wollte man mehr darstellen als die ebenfalls um die Gunst der hohen Frau buhlenden Konkurrentinnen.

Unser Held, Tierfreund und Vegetarier, ölte noch einmal die Trommel seines Revolvers, ließ sie probeweise mehrmals rotieren, steckte die dann genau abgezählten Patronen hinein und begab sich, im „Princip" bei guter Laune, in Richtung Straße, die zum Rathaus und Empfang führte. Dort angekommen, wartete er etwas verdeckt von einer Litfaßsäule, auf der rundherum Plakate mit dem Wappen des fernen Herrscherhauses und Willkommensgrüße affichiert waren, pfiff weitgehend tonrichtig die Marseillaise, räusperte sich dann und spuckte zielsicher auf den linken Adler von Österreich-Ungarn.

Der Erzherzog rollte im offenen Wagen in Richtung unseres veganen Tierfreundes. Im offenen Wagen deshalb, weil er heute noch nichts geschossen hatte und deshalb schlechter Laune war, sah aber die Chance, wenigstens eine Taube vom Himmel holen zu können oder eine Geiß vom Straßenrand zu pusten. Das Gewehr, wie immer vorne neben dem Wagenlenker, der auf das Kommando „Schuss halt" die Bremse durchzudrücken und das Gewehr mit dem Elfenbeinkolben und der Inschrift „Le Dieu est mon objectif – Gott ist mein Ziel" nach hinten zu reichen hatte. Doch heute war nichts zu sehen, keine Taube und auch keine Ziege, es kündigte sich kein guter Tag für Franz Ferdinand an.

Als der Wagen mit den Excellenzen und Gefolge für unseren Tierfreund zu sehen waren, nahm er noch zwei Züge aus seiner selbstgedrehten Zigarette mit mazedonischem Tabak, er hatte wirklich Nerven wie Drahtseile, ein dritter Zug ging sich nicht mehr aus, weil der Zweihundertdreißigtausend-Hirsche-Rehe-Gämsen-Hasen-und Steinbock-Killer schon da war. Tierfreund schaute ihn böse an, sagte in dialektfreiem Serbisch zu ihm: Ich mag dich nicht!, zog seinen Revolver, zielte auf den Punkt zwischen den Augen, traf aber das Schaufenster der gegenüberliegenden Metzgerei, wo die Kugel eine zum Trocknen aufgehängte Saublase traf, die mit einem lauten Knall platzte, wodurch in Summe ein Knall mehr zu verzeichnen war, als Patronen in der Trommel. Tierfreund zuerst leicht irritiert, ballerte dann aber weiter, jetzt erfolgreich, traf auch die hohe Frau, was nicht beabsichtigt war (Kollateralschaden). Für die Tiere war es ein guter Tag.

Matteo vermittelt dem Attila P. die Daphne A.

Wenn wir nun die Psychogramme von A. und P. vergleichen, stellen wir eine hohe Übereinstimmung fest. Dies veranlasste Matteo, dem P. bei ihrer Zusammenkunft im „Toscanini" die A. für ein Treffen mit ihr vorzuschlagen. Für Matteo war es sonnenklar: P. würde versuchen, die A. nach allen Regeln seiner Kunst dorthin zu führen, wo ein Profit mit Zinseszinsen zu erwarten war. Die Interessen der A. würden deckungsähnlich jenen des P. sein. Es würde zu einer blutigen Schlacht kommen, und wie bei Schlachten üblich, würden beide Verluste erleiden. Wenn Matteo seine diesbezüglichen Gefühle analysierte, musste er sich eingestehen, dass ihn das mit Freude erfüllte.

Doch bevor die A. zum Thema wurde, hinterfragte P., wie Matteo zu einer Beteiligung seiner Person an Matteos jungem Unternehmen stehe. Matteo, der über Umwege erfahren hatte, dass P. nach seinem Gespräch mit ihm im „Toscanini" von seinem unangenehmsten Konkurrenten erwartet wurde, dem er bereits angekündigt hatte, er werde diesem Matteos Kundenliste übergeben, ihn über laufende Projekte informieren und Matteos psychischen Status nach seiner Firmengründung mit ihm erörtern. Dafür erwarte er eine entsprechende Abgeltung, entweder pekuniär oder in Form einer Beteiligung.

Nicht ohne innere Genugtuung informierte Matteo den P. (gänzlich aus der Luft gegriffen) über den Gewinn mehrerer Etats, wovon einer ein ganzes Bundesland beträfe, er dem P. aber nichts sagen dürfe, weil er der Verschwiegenheitspflicht unterliege und bei Zuwiderhandlung er ein Pönale in schwindelerregender Höhe zahlen müsste. P. versicherte Matteo, ihm könne er sich anvertrauen, niemand werde etwas erfahren, er habe Handschlagqualität, Matteo werde das doch nicht anzweifeln.

Matteo wechselte das Thema, sagte, er habe nur wenig Zeit wegen der Fülle an Aufträgen, weshalb er ihm abschließend sagen könne, er habe dessen Bitte nach einer für ihn passenden Dame ernst genommen und sei fündig geworden. Er könne daraus ableiten, wie sehr Matteo ihn schätze, wobei dessen Loyalität in immer wieder rühre.

Wenn P. es wünsche, könne Matteo ein Treffen mit der A., so heiße die Dame, im Toscanini vereinbaren, das sei auch ihr Lieblingscafé. Er habe schon vorgefühlt, sie sei an einem Treffen interessiert. Ein paar Eckpunkte zu A. gebe er gerne, so dass P. wisse, mit wem er es zu tun habe. Sie sei etwa fünf Jahre jünger als P., von Beruf Pädagogin in einer Eliteschule, verfüge über eine wunderschöne Wohnung mit sechs Zimmern in bester Gegend der Provinzstadt. Aber, und halte er sich fest, besitze sie eine Villa am Buchensee mit acht Zimmern, auf einem riesigen Grundstück, und direkt am See gelegen. So eine Liegenschaft könne dort selbst ein Milliardär nicht kaufen, keine Chance wegen der Umwelt- und Naturschutzauflagen.

P. war wie vom Donner gerührt, Matteo erlebte zum ersten Mal, wie er um Fassung rang. Matteo möge ein erstes Treffen arrangieren, er käme von der Hauptstadt in die Provinzstadt, wann immer die Dame möchte, noch nie habe er jemand so ins Herz geschlossen wie ihn, er werde sich erkenntlich zeigen.

Als Matteo die A. informierte, er habe ein mögliches Substitut für den armen Rinpoche G. gefunden, und dieses möchte sie so rasch wie möglich treffen. Klopfenden Herzens und mit bemerkbarer Hektik bat sie Matteo, den Termin mit P. schon für kommenden Samstag zu vereinbaren, so blieben ihr noch drei Tage Zeit, um Dringendes zu erledigen.

Die A. rief daraufhin umgehend den G. an, sie müsse mit ihm nach Udine fahren, teilte sie ihm mit, ihre gesamte Feinwäsche für oben und unten habe ihre Wäscherin mit 80 Grad gewaschen und könne nun selbst von einer Magersüchtigen im letzten Stadium nicht mehr getragen werden. In der Provinzstadt bekäme sie nicht das, was ihrem Stil entspräche, Eile sei geboten, das werde er verstehen. Auch wenn er eine Scheidungsverhandlung habe, müsse er sich eben etwas einfallen lassen, sie könne ja nicht ohne Unterwäsche gehen, das sei ja unkeusch. Bei der Gelegenheit möchte sie G. erinnern, sie habe bald Namenstag, und es sei doch Usus, diesen mit einem Kleiderpräsent von Laura Biagiotti zu begehen. Das könne man doch gleich mit erledigen, so müsse man nicht nochmals nach Udine oder gar Mailand fahren.

Als A. den P. durch die Pendeltüre des Café Toscanini kommen sah, überraschte sie ihr Herz mit drei Extrasystolen. Was für ein Mann, was für ein Wunder an Maskulinität. Dann hatte sie sich gefasst und winkte diskret mit dem Taschentuch, das mit Brüsseler Spitze umrandet war und als Erkennungszeichen diente. Nach Matteos Beschreibung hatte sie den P. sofort erkannt: einen Mann wie ihn hatte das Toscanini noch nicht gesehen. Es war still geworden im „Toscanini": die Damen starrten den P. an, als wäre Michelangelos fleischgewordener David mit seinen herrlichen Dimensionen zur Tür hereingekommen. Manch schmalbrüstige Herren mit schütterem Haar aus der Geschäftswelt der Provinzstadt versuchten vergebens, die Aufmerksamkeit ihre Gattinnen wieder auf sich zu lenken.

Auch P. war von A. angetan: das rötlich-blonde Haar, das sich wellenförmig über ihre Schultern ergoss, stellte einen reizvollen Kontrast zu ihrem dunklen Kleid von Biagiotti dar, welches ihre Formen so raffiniert umschmeichelte, das diese in der Phantasie des gefälligen Betrachters sündiges Sehnen hervorriefen.

Nach dem dritten Glas Moët trank man auf Du mit dabei üblichem Kuss, der entgegen Knigges Empfehlungen viel zu lange ausfiel und dann noch mehrmals wiederholt wurde. Mit viel Geschick bewegte sich P. auf jene Themen zu, die für ihn von vorrangiger Bedeutung waren.

Er sei an den schönen Künsten interessiert, liebe Musik und Literatur, male selbst und verfüge über eine nicht unbeträchtliche Sammlung zeitgenössischer Kunst, kenne die meisten bedeutenden Bildhauer und Maler des Landes persönlich. Er liebe die Oper und das Theater, habe einen Logenplatz in der Staatsoper und soupiere an den Wochenenden regelmäßig mit Lohner und Schenk. Peymann habe ihn geliebt, dieser sei aber schon recht anstrengend gewesen und habe es sogar geschafft, während des Trinkens zu reden, weshalb es ihm ganz recht gewesen sei, als dieser nach Berlin ging.

Auf seinem Steinway spiele er abends gerne Klassik, besonders liebe er Schubert, dessen Lieder er auch singe, mit neun Jahren sei er der Solist bei den Wiener Sängerknaben gewesen. Nach einem anstrengenden Tag sei ihm das Entspannung, nur fehle ihm die liebende Frau, dann würde zur Erholung ein diese noch verstärkendes Glücksgefühl kommen, auf das er schon so lange vergeblich warte. Nach einer Enttäuschung sei er erst jetzt wieder bereit für eine neue Beziehung.

Dazwischen sei nichts gewesen, A. habe es sozusagen mit einer männlichen Jungfrau zu tun, sie könne nicht ermessen, wie sehr er sich nach Zweisamkeit sehne, er sei ein richtiger Kuschelbär, und habe er sich einmal für eine Frau entschieden, nehme er gar keine andere mehr wahr. Treue sei für ihn so selbstverständlich wie die Luft zum Atmen.

Nur noch kurz wolle er auf seine sportlichen Interessen kommen, dann habe er lange genug von sich erzählt, aber A. wolle sicher wissen, mit wem sie es zu tun habe, das stünde ihr auch zu. Er sei ein passionierter Schwimmer und liebe besonders den Buchensee, in dem er schon lange Strecken in eine Richtung gekrault sei, zurück dann im Butterfly, das verstehe er unter Konditionstraining. Dann sei er ein begeisterter Segler: begonnen habe er mit einem Finn-Dinghy, mit diesem sei er nur knapp an der Olympiateilnahme in Los Angeles 1984 gescheitert. Er sei dann auf Kielboote umgestiegen und erreichte den Höhepunkt, als ihn das Team Neuseeland bat, die Crew für den American Cup zu verstärken. Mit dem weltbekannten Skipper Russell Coutts verbinde ihn heute noch eine enge Freundschaft. Er habe damals einen Körper gehabt wie ein durchtrainierter Zehnkämpfer, und bei aller Bescheidenheit, es sei ihm gelungen, diesen bis heute fast so zu erhalten.

Eine nicht kontrollierbare Wallung ließ A.'s Gesicht heftig erröten, dann versenkte sie ihre blauen Augen in freudiger Erwartung tief in seine magyarisch-dunklen. Es sei ein Zufall, und den nehme sie als gutes Omen, denn sie besäße an P.'s Lieblingssee direkt am Strand eine Villa mit einem ziemlich großen Grundstück. Nicht einsehbar für Nachbarn oder sonst jemanden, man könne sich völlig ungezwungen bewegen. Ihr verstorbener Vater habe das

Grundstück erstanden und die Villa nach eigenen Vorstellungen geplant, er sei Architekt gewesen, und es sei ihm damit ein Meisterwerk gelungen.

Nach dem Tod ihrer Mutter sei sie nun die alleinige Besitzerin, und, so schön das alles klinge, für eine Frau alleine sei es auch belastend, immerhin verfüge die Villa über acht Zimmer, das Grundstück müsse gepflegt werden, manches sei einfach die Arbeit für einen Mann. Auch sie schwimme gerne, allerdings nur Brust, aber durchaus weite Strecken, da könne sie dann völlig abschalten, aber es fehle in ihrem Leben halt das Wichtigste, P. wisse, was sie meine. Wenn es ihn interessiere, zeige sie ihm bei passender Gelegenheit gerne das Anwesen, sie sei sicher, es werde ihm gefallen, aber vorher wolle man sich doch näher kennen lernen.

Wieder konnte sie eine aufkeimende Wallung nicht unterdrücken. Und, dass sie es nicht vergesse, im Bootshaus sei eine Swan Segeljacht aus den 70er-Jahren, ganz aus edlem Holz. Die wollten einige Bekannte unbedingt kaufen, sie habe sich aber nicht von ihr trennen können, da habe im Unterbewusstsein etwas mitgespielt, seit heute wisse sie, was es war. In der Provinzstadt wohne sie in ihrer Eigentumswohnung in exklusiver Lage. Das Haus stehe inmitten einer Wiese und biete den schönsten Ausblick auf die Stadt und das nahe Gebirge.

Noch nie habe sie sich in so kurzer Zeit zu jemandem so hingezogen gefühlt wie zu ihm. Und sie sei jetzt ganz offen. Ehrlichkeit sei übrigens eine

Maxime in ihrem Leben, sie fühle jetzt schon viel mehr als nur Sympathie für ihn und hoffe, dass ihn das nicht erschrecke.

Er habe genau das Gleiche sagen wollen wie sie soeben, sie sei ihm zuvor gekommen, das weise auf eine Vorbestimmung hin. Seitdem er sie gesehen habe, beglücke ihn ein Gefühl, wie er es in seinem Leben noch nie wahrgenommen habe. Und er scheue sich nicht, weil auch bei ihm Ehrlichkeit ein wesentlicher Charakterzug sei, dieses Gefühl als Verliebtheit zu bezeichnen, als Vorstufe zu einer dauerhaften Liebe vielleicht, die er sich so sehnlich wünsche. P. bezahlte die Rechnung mit seiner Diners Platin, was die A. mit Genugtuung registrierte.

Bei der Verabschiedung vor dem Toscanini entlud sich die Anspannung der beiden in einer wilden, eng ineinander verschlungenen Umarmung, dass die vorbeieilende Ordensschwester Johanna von der lieben Jungfrau dachte, es handle sich um das krankhafte Zucken eines Körpers. Und als sie zu Hilfe eilen wollte, bemerkte sie, dass es die Leiber zweier waren und die Zuckungen der schweren Sünde der Unkeuschheit zugeordnet werden mussten. Sie hob die Augen in Richtung des Allerhöchsten, bekreuzigte sich und entfernte sich im Laufschritt, was nicht zu ihrer Kleidung passte und einen italienischen Touristen veranlasste, ihr spöttisch „Avanti Suora" nachzurufen.

Der letzte Kuss war von einer Wildheit, ja von einer maskulinen Brutalität, dass er die A. an dessen

Ende so heftig nach Luft ringen ließ und sie nur ein lang gezogenes „Du…" hauchen konnte, das aber in seiner relativen Kürze mehrere Kapitel Kamasutra in Kleinschrift beinhaltete.

Es wurde ein Treffen in etwa zwei Wochen vereinbart, bis dahin wolle man jeden Abend telefonieren. A. werde sich etwas Besonderes einfallen lassen, sie habe da schon so eine Idee, die ihm bestimmt gefallen werde, sie seien sich dem Wesen nach ja so ähnlich.

Schwester Johanna berichtete der Schwester Oberin von dem Vorfall und meinte, sie habe den Teufel gesehen, wie er es mit einer Hexe vor dem „Toscanini" trieb. Das Bein mit dem Klumpfuß habe er weit nach vorne gesetzt gehabt, die rothaarige Hexe das ihre an seinem vorbei in die andere Richtung, was wohl den Zweck gehabt habe, die Körpermitten nahtlos aneinander pressen zu können. Den satanischen Schwanz habe sie nicht entdecken können, aber sie erinnere sich jetzt, dass in der Dezemberausgabe von „Opus Dei Aktuell" zu lesen war, dass die modernen Teufel den Schwanz in gekürzter Form im Gewand trügen. Das sei aber viel gefährlicher als der lange Schwanz von früher, weil man so nicht gleich den Teufel erkennen könne.

Es sei abscheulich gewesen, was sie da sehen musste. Die heilige Inquisition, deren glühende Anhängerin sie sei, hätte da kurzen Prozess gemacht, ein paar Scheite trockenes Buchenholz, ein Feuerchen, und mit der Hex wäre es aus gewesen. Sie wünsche sich die Inquisition wieder her, dafür müsse sie kämpfen. Die Schwester Oberin möge ihr die Herstellung zweier Transparente gestatten: mit dem einen möchte sie nach der heiligen Sonntagsmesse in der Franziskanerkirche demonstrieren, mit dem anderen vor dem „Toscanini". Sie sei sich sicher, dass viele Gläubige sie begleiten würden. Den Text für beide Transparente habe sie sich auf dem Weg ins Kloster überlegt, er sei deshalb so gelungen, weil der Heilige Geist ihr geholfen habe, ein Wunder sei das gewesen. Auf dem ersten werde zu lesen sein:

Vorm Toscanini zur Stunde sechs, Trieb's der Teufel mit einer roten Hex, D'rum lieber Gott, wir bitten sehr, Schick die heil'ge Inquisition uns her!

Den zweiten Text wolle sie mit möglichst vielen Gläubigen am Neuen Markt skandieren. Den habe ihr wie den ersten auch der Heilige Geist eingegeben:

Willst du den Teufel bumsen sehn, musst nur ins Toscanini gehn!

Ob die Schwester Oberin ihr das erlaube.

A. hat für die erste Nacht mit P. alles umsichtig arrangiert und Amor den Köcher mit hundert Pfeilen gefüllt

Zur Begrüßung setzten beide das fort, was sie beim Abschied vor dem Toscanini begonnen hatten, aber noch wilder, keuchend, vorspieltrunken in Erwartung der nächtlichen Ereignisse.

A. informierte P., sie habe am Münstersee ein kuscheliges Hotel ausfindig gemacht. Ein Geheimtipp, fünf Sterne, direkt am See, die Suite für Verliebte habe sie nach energischem Verhandeln und einem kleinen Aufpreis doch noch bekommen. Direkt vom Hotel weg lauschige Spazierwege, die Küche soll legendär sein, was im Bayerischen eher ungewöhnlich sei. Man werde sich wohlfühlen, ihr sei ganz schwindelig vor Freude, ob es P. auch so gehe?

Ihr Auto sei in Reparatur, P. mache es doch nichts aus, wenn man mit seinem führe. Es sei nicht weit weg von der Provinzstadt, eine knappe Stunde vielleicht. Wie schade, dass er nicht länger Zeit habe, müsse er wirklich morgen schon gegen 11:00 aufbrechen?

P. war rundum zufrieden, besser hätte A. alles gar nicht organisieren können, er freue sich riesig auf den Tag mit ihr und (jetzt glühten seine Augen magyarisch) auf eine lange Nacht. Zu seinem größten Bedauern könne er den wichtigen Termin nicht verschieben, er verhandle im Wirtschaftsministerium für einen großen Auftrag, um 11:00 Uhr müsse er spätestens abfahren. Leider. Aber es sei ja nur ein Abschied auf Zeit, sehr bald wolle er A. wiedersehen, immer wieder sehen. Er sei sicher, das Schicksal habe sie füreinander bestimmt.

Das Hotel übertraf alle Erwartungen, ein Liebesnest eingebettet in unberührte Natur, Diskretion und Tradition ausstrahlend, die Suite hätte König Ludwig XIV. zufriedengestellt. Wolkenloser Himmel, Temperaturen um 25 Grad, ein ausgedehnter Spaziergang, immer wieder unterbrochen von Zärtlichkeiten, die von Mal zu Mal heftiger wurden, erreichten schließlich Leidenschaft. Ein auserlesenes Dinner sollte die Nacht der Nächte einleiten.

Ein Dinner als Präludium für die Stunden danach. Ganz nach Daphne A.'s Geschmack.

Das Luxusmenü begann standesgemäß mit einem Fläschchen Champagner der Marke Moët & Chandon.

Nach dem Aperitif wählte A. den edelsten Schinken der Welt als Vorspeise, den spanischen Jamón Ibérico; P. wählte statt des Schinkens den noch um einiges teureren Beluga-Kaviar, Eiweiß pur, sicher ist sicher!

Vor dem Hauptgang neutralisierte man die Geschmacksnerven mit einem Schluck Rokko No Mizu

Mineralwasser aus dem Rokko-Gebirge in Japan. Dass davon ein Liter 130 Euro kostete, erstaunte beide, stellte aber kein Hindernis dar, so sehr vertraute die eine dem anderen und der andere der einen.

Als Hauptgang wählte man ein Wagyu-Steak vom japanischen Kobe-Rind, dazu gab es eine Sauce, deren Hauptzutaten aus Safran und weißen Trüffeln aus dem Piemont bestanden. Begleitend orderte man einen Veuve Clicquot der Luxusedition.

Der krönende Abschluss bestand in einem Frozen Haute Chocolate-Eisbecher. Dieser süße Luxus besteht aus seltenem Kakao und Trüffeln. Garniert wird er mit Schlagobers und fünf Gramm essbarem 24-karätigen Gold.

Daphne A. erlebt die Nacht der Nächte

Die Nacht verlief wie sehnlich erhofft; obwohl keineswegs unerfahren, ritt sie mit P. zu neuen Ufern der Ekstase. In ihm jubilierten die Gene von Urli-Opa und Urli Mitzi, und hätten beide Gelegenheit gehabt, vom Himmel herunter- oder aus der Hölle heraufzuschauen, wie stolz wären sie auf ihren Urenkelsohn gewesen.

A.'s Interjektionen hallten weit über den Münstersee. Die dänische Hausdogge verzog sich wie bei einem Feuerwerk ängstlich winselnd in ihre Hütte, der Rezeptionist musste zehn Kilometer zur Nachtapotheke nach Prien fahren, weil der Bestand an Ohropax für die werten Gäste nicht ausreichte. Und hätten nicht mehrere Damen auf solche verzichtet, weil sie sich dem Déjà-vu-Erlebnis lustvoll hingeben wollten, hätte nicht einmal die dortige Marien-Apotheke genügend auf Lager gehabt.

Daphne A.'s Leidenschaft zeigt Wirkung

In der Nachbarsuite löste A.'s Temperament einen heftigen Streit aus, weil die Frau eine Schweizers aus Solothurn, die aus Sizilien stammte, ihrem Ehemann wegen seiner schweizerischen Behäbigkeit Vorwürfe machte: Er habe das Temperament eines steif gefrorenen Eskimos, sei aber selten dort steif, wo es für sie von Interesse sei.

Er wisse ja gar nicht, dass eine Frau in himmlischer Ekstase ihre Stimmbänder nicht mehr kontrollieren könne, sie beneide die Frau in der Nachbarsuite, und was für einen schönen Mann sie habe.

Wie viele seiner Landsleute sei er die Langweiligkeit und Langsamkeit in Person, nur bei den ehelichen Pflichten sei er schnell wie ein Kugelblitz und sporne sich dabei noch mit „Hopp, Hopp, Hopp, Schwyz" an. Das sei unerträglich, sie sei doch kein Fußballplatz. Und wenn alles vorbei sei, singe er sein Lieblingslied: „Myn Vatter ischt en Appenzeller. Er frisst de Chäs mitsamt em Täller".

Was sei er doch für ein Kulturtrottel! Wenn sie ihn mit dem schönen Mann vergleiche, der gestern mit seiner Frau am Nebentisch ein erlesenes Menü zu sich nahm, dann habe sie das Gefühl, einen Alm-Löli geheiratet zu haben, dessen kulinarische Phantasien sich mit einer Röschti erschöpften.

Und dann heiße er noch Ueli, sie habe es nie über das Herz gebracht, zu ihm in ihrer schönen Sprache „Ti amo, Ueli" zu sagen. Dann glaube er an die Unbesiegbarkeit der Schweizer Armee und an Wilhelm Tell, schieße am Sonntagvormittag mit seiner Armbrust auf Äpfel, die aus der Innerschweiz sein müssten. Einmal habe sie ihm Äpfel aus Südtirol gegeben, da habe er nicht einen einzigen Treffer gelandet. Einmal habe er sie sogar aufgefordert, einen Apfel auf ihren Kopf zu legen, das sei ja fast schon eine Aufforderung zum Selbstmord gewesen.

Schweizer Gruppen erkenne man schon aus hundert Meter Entfernung, alleine wie sie angezogen seien, aber er schieße da noch den Vogel ab: er trage Anzüge aus den Siebziger Jahren, die Hosen mit Glockenschnitt. Habe er nicht gemerkt, wie stilvoll der schöne Mann am Nachbartisch gekleidet war?

Einmal sei sie mit ihm in Zürich in der Oper gewesen, da habe er schon gemotzt wegen der teuren Eintrittskarten. Nachher sei sein einziger Kommentar gewesen: „Un ballo in maschera" müsse man auf Schwyzerdütsch singen, das klänge doch viel besser als auf Italienisch.

Sie habe genug von ihm, er könne sich seine Fränkli dort hinstecken, wo viele seiner Landsleute die Erfüllung ihrer Sehnsucht fänden. Sie gehe zurück nach Catania, wo man ab 23:00 Uhr aus jedem dritten Haus die Lustschreie glücklicher Artgenossinnen hören könne.

Ein Abschied mit Dramatik:

Nach dieser Nacht, wie könnte es anders sein, schwelgte A. im siebenten Himmel, nannte P. ihren Rittmeister Greifenklau (sie war in ihrer Jugend Karl-May-Leserin). P. zeigte sich beim Frühstück mit nochmals Moët & Chandon und Kaviar bestens gelaunt und gab eine Kostprobe seiner lyrischen Begabung mit einem hübschen Limerick:

„Die Entchen vom Münstersee

Strecken ihre Schwänzchen weit in die Höh,

Und, liebste Daphne,

Wenn ich dich jetzt so seh',

Dann geht es mir gleich

Wie den Entchen vom Münstersee"

A. klatschte Beifall (kein Grund mehr, schamvoll zu erröten, nach dieser Nacht) und sah die Zukunft voller Rosen: was für ein Glück, was für ein Mann.

P. mahnte nun zum Aufbruch, wie er A. bereits sagte, habe er eine wichtige Besprechung mit einem hohen Kleriker. Nichts täte er lieber, als diesen Termin zu verschieben um mit ihr noch mehrere Tage hier verbringen zu können. Er sei so verliebt in sie, wie er das noch bei keiner Frau gewesen sei. Man werde sich ja bald wiedersehen, wenn er daran denke, gehe es ihm schon besser. Auf dem Weg zur Rezeption entschuldigte sich P., er habe noch ein sanitäres Bedürfnis, man treffe sich in der Halle.

Sie habe wohl schon alles erledigt, der Mercedes stehe bereit, sagte P., dann könne man ja aufbrechen. A. schaute ihn etwas verwirrt an, war jedoch noch keineswegs beunruhigt, denn wie von G. gewohnt, würde P. die Rechnung begleichen. Diese werde ohnedies nur dreitausend bis höchstens viertausend Euro ausmachen, also eine Marginale im Vergleich zu dem, was bei G. immer so auflaufe.

Was nun kam, stürzte auf A. ein wie der Steinschlag auf einen Kletterer ohne Helm: P. ersuchte A., die Rechnung zu begleichen, er habe leider weder nennenswertes Bargeld noch seine Diners Platin bei sich.

Für A. brach eine Welt, ja das Universum zusammen. Ihr natürliches Wesen, das im Taumel des Glücks eingeschlummert war, erwachte und schlug mit voller Wucht durch. Von einer Sekunde zur anderen, ja in noch viel kürzerer Zeit, war die Liebe weg, die Nacht vergessen. Es keimte erst das Pflänzchen der Animosität in ihr, das sich zunehmend zu einem Baum der Enttäuschung, ja des Hasses entwickelte. Ob P. noch bei Trost sei, sie denke gar nicht daran, ihn auszuhalten, er benähme sich ja wie ein Zuhälter. P. blieb ganz sachlich unterkühlt, Wirtschaftsakademiker eben. Er habe das Hotel nicht ausgesucht, keine Disposition getätigt, bei aller Bescheidenheit möchte er noch bemerken, dass, wenn sie einen Mann wie ihn haben wolle, ihr das schon etwas wert sein müsse. Er wolle auch nicht ungalant werden, aber ein kritischer Blick ohne ein weit geschnittenes Kleid in einen Ganzkörperspiegel könne ihr nicht schaden.

Die Unterhaltung blieb weder dem Geschäftsführer noch den Gästen verborgen. Besonders jenen nicht, die ohne Ohropax ihr Déjà-vu-Erlebnis hatten, entging kaum ein Wort. Der Geschäftsführer bestätigte, er müsse sich an A. halten, P. scheine in den Unterlagen nicht auf. Mit einem Lächeln, das die Damen in der Halle als unwiderstehlich einstuften, begab sich P. zu seinem Mercedes, stellte A.'s Gepäck auf den Gehsteig und schickte sich an zu fahren. A., aus bekannten Gründen gut durchblutet, folgte ihm im Laufschritt, hob einen faustgroßen Stein auf und traf den Deckel des Kofferraums, was eine schöne Delle verursachte. Das letzte, was A. von P. noch sah, war sein vertikal gestreckter Mittelfinger. Er war gegen Steinschlag versichert.

A. rief nun G. an und teilte ihm mit, dass er sich freuen solle, denn nun sei sie nach einer anstrengenden pädagogischen Tagung, von der sie ihm ja berichtet habe, Direktorin des elitärsten Gymnasiums der Provinzstadt geworden. Davon werde sie ihm noch ausführlich berichten. Für seinen Ruf in der Provinzstadt und bei seinen Klienten sei das wohl höchst erfreulich. Noch vor ihrer Ernennung habe sie die Unterrichtsministerin, den Oberschulrat und den Schulrat zu einem Essen mit allem drum und dran eingeladen, das habe sich nicht ungünstig für sie ausgewirkt. G. möge sie jetzt abholen, die zu begleichende Rechnung mache dreitausendvierhundertzwanzig Euro aus. Er möge gleich abfahren, sie freue sich, ihn zu sehen.

Nachdem sich Attila P. von Daphne A. und dem Münstersee elegant verabschiedet hatte, wartete eine wichtige Besprechung auf ihn

P. war ein begnadeter Akquisiteur, und da sein Einkommen umsatzabhängig war, verfolgte er mit Beharrlichkeit, Ausdauer und List seine Ziele, ja man musste ihm eine gewisse unanständige Tüchtigkeit zugestehen. Er hatte Wirtschaft studiert, obwohl er wusste, dass die wirklich Gierigen Zahnmedizin studieren, das kam für ihn aber nicht in Frage, denn, wenn er an offene Münder mit nikotinbraunen Stummelzähnen nur dachte, wurde ihm schon schlecht. Nein, das, was er jetzt tat, war schon das Richtige für ihn. Er sah seine Zukunft in rosigen Farben, er würde den Weg zum Reichtum über eine Dame abkürzen. Darüber würde er nochmals mit Matteo sprechen, der bestimmt noch weitere geeignete Damen kenne. Bei der Gelegenheit werde er ihm aber auch mitteilen, dass der Versuch mit A. nicht günstig verlaufen sei.

P. hatte den Einfall, sich um die bisher von der Konkurrenz nicht beachtete Zielgruppe der Kleriker zu bemühen. Diese würden in der Argumentation bei kritischen Fragen linksgerichteter Medienleute dringend Nachhilfe benötigen. Als Nebeneffekt der Schulung sollten noch Bausteine für die Prediger bei der heiligen Sonntagsmesse abfallen.

So in etwa wollte er sein Konzept verkaufen. Und da P. als Door-Opener auf die am Unternehmen für gehobene Seminare beteiligte Chamber of Commerce zugreifen konnte, deren leitende und im Mittelfeld angesiedelte Mitarbeiter regelmäßig zur Beichte und Kommunion gingen und überhaupt ein gutes Verhältnis zur Kirche hatten, kam alsbald ein Termin für ein Sondierungsgespräch bei einem hohen Würdenträger zustande, der als unverrückbar reaktionär galt.

Im engeren Kreis mit Gleichgesinnten Klerikern und Exponenten einer Christpartei (unisono im Lodenlook) bemängelte er, dass das Küssen des heiligen Ringes am Mittelfinger der Eminenzen selbst bei praktizierenden Christen kaum noch zu sehen ist. Das müsse dringend wieder eingeführt werden, ob da nicht politisch nachgeholfen werde könne; man solle sich an den Polen ein Beispiel nehmen, die küssten allen Dienern des Herren mit großer Inbrunst die Hände.

Die konservative Einstellung „Seiner Eminenz" spielte für P. keine Rolle, da war er flexibel, er hatte sich entsprechend vorbereitet. – Überflüssig zu erwähnen, dass P. weder an Gott noch an den Teufel glaubte. Er wollte nur möglichst rasch vermögend werden, und dafür würde er alles tun, was der liebe Gott verboten hatte.

Als P. die Eminenz in seinem geschmackvoll eingerichteten Arbeitszimmer traf, war er überrascht, wie behände sich seine Heiligkeit trotz seiner leiblichen Fülle von gut hundertvierzig Kilo bewegen konnte. Seine Soutane aus feinstem Kammgarn entstammte der Schneiderwerkstatt des Vatikans, wo man, wie nirgends sonst auf der Welt, Erfahrung mit zölibatsdicken Kunden hatte.

Die Eminenz war von P.'s erstem Eindruck angetan: Seine Gestalt, gut 1,87, sein schmales Gesicht mit dem ganz leicht bräunlichen Teint, der sein magyarisches Blut verriet, und von dem sich das fast weißliche Blond seiner Haare reizvoll kontrastierend abhob. Dann seine glänzenden, fast schwarzen Augen (wir wissen, von wem geerbt) ergaben ein Antlitz vollkommener maskuliner Schönheit.

Und P. verstand es, sich stilvoll zu kleiden. Keine Frage, P. war intelligent, was eine genetische Spur via Urli-Mitzi zum Kaiserhaus entschieden ausschloss. Er bevorzugte gutes englisches Tuch, trug seine Anzüge nicht wie kulturlose Parias mit den messerscharfen Bügelfalten an den Hosen und Hemden, deren gestärkte Krägen bei jeder Wendung des Halses eine Gefahr für die Halsschlagader darstellen. Bei diesen neureichen Kulturamöben sieht man das Ringelschwänzchen noch nach Generationen.

Nein, P. trug seine Anzüge mit der vornehmen Art eines Lords, der sich für eine Sitzung im Oberhaus kleidet. Jeder Mann von Welt weiß, dass ein englischer Lord seine Anzüge mindestens ein Jahr lang von seinem Butler tragen lässt, mit Sandsäcken in den Sakko- und Hosentaschen, damit diese dann lässig ausgebeult wirken (so wird die plebejische Aura des Neureichen weggetragen), die Hemdkrägen natürlich weich und ohne Fischgräteinlage, die Schuhe handgemacht aus bestem Schweinsleder, vorne und hinten mit Eisen beschlagen (bei jedem Schritt: klack).

Aber wie schaffte es P., ohne Butler seine Kleidung so aussehen zu lassen, als hätte er einen? Mit kreativer Intelligenz! Er benutze zwölf Tage lang Anzug und Hemd als Pyjama, sein damals noch intaktes Intimleben mit seiner Frau bewältigte er so adjustiert mit Bravour (Uropas Gene). Nach zwölf Tagen hing er Hose und Sakko mit Sandsäcken beschwert neben sich in die Dusche und achtete darauf, dass diese gerade die richtige Menge an künstlichem Regen abbekamen, also deutlich weniger nass wurden als er selbst. Dann drei Tage des Trocknens, ein leichtes Ziehen da und dort, und P. sah aus wie Harold Macmillan in seiner besten Zeit.

Und er verstand es, sich kultiviert auszudrücken. Gesprächspartner, zu deren Wortschatz „in keinster Weise" oder gar „nichtsdestotrotz" gehöre, wusste er als unzivilisiert einzuschätzen (Eine berühmte Schriftstellerin meinte in einem Interview, mit Leuten, die „nichtsdestotrotz" sagen, wolle sie nichts zu tun haben, und es sei eine Schande für den Duden, diese Verballhornung von „nichtsdestoweniger" in den deutschen Sprachschatz aufgenommen zu haben.)

Nach den üblichen Einleitungsfloskeln, Kaffee und sonst was wurde angeboten, die Eminenz verwies auf eine Sachertorte, die niemand besser backe als seine Köchin, ob P. gemütlich sitze etc. Man wolle nun zur Sache kommen („Lets go down to business", seine Eminenz signalisierte Vielsprachigkeit). P. begann damit, dass er als praktizierender Katholik und Mitglied des Kirchenrats in der Josefstadt immer wieder feststellen müsse: Die große Mehrheit der geistlichen Herren verhielte sich gegenüber ungehörigen Fragen von linksgerichteten Medienvertretern wenig professionell. Er nehme da auch das hoch subventionierte Staatsfernsehen nicht aus, nein, besonders dort käme es immer wieder zu besonders peinlichen Situationen, weil die Interviewer es darauf anlegten, die geistlichen Herren aufs Glatteis zu führen.

Seine Eminenz erinnere sich vielleicht noch, wie der Weihbischof der Provinzstadt den Medien ausrichtete, der Grund für das schreckliche Erdbeben in Haiti sei die Strafe Gottes für den Voodoo-Kult, dem man dort huldige. Außerdem urlaubten dort zahlreiche Homosexuelle; und da sei er sich ganz sicher: die Homosexualität sei eine schwere Sünde, die mit nicht heilbaren Krankheiten wie Aids bestraft werde. Er wisse aber, man könne Homosexualität heilen. Seine Eminenz sei mit ihm wohl einer Meinung: So dürfe man nicht argumentieren.

Extrem peinlich wurde es aber dann, als der Journalist einer rot angehauchten Zeitung fragte, wie er das Erdbeben in den Abruzzen sich erkläre, wo in einer Kirche prallvoll mit Kindern alle ums Leben kamen, und dazu noch der Pfarrer und zwei Lehrerinnen, sonst aber in der näheren und weiteren Umgebung niemand auch nur eine Schramme abbekam. Er, P., hatte schon Angst, dass der sehr fromme Weihbischof, aber eben nicht ausreichend geschult, jetzt sagen würde, unter den Kindern sei bestimmt das Enkerl des kommunistischen Bürgermeisters gewesen.

Ist der liebe Gott immer ein lieber Gott?

Das Gespräch von Attila P. mit seiner Eminenz unterbrechen wir kurz, denn jetzt interessiert uns, wie Katastrophen zustande kommen und warum sie nicht verhindert werden.

Jeder Volksschüler lernt im Religionsunterricht, Gott liebt die Menschen, ist von unermesslicher Güte, hat seinen einzigen Sohn für die Menschen geopfert, kein Spatz fällt vom Dach, ohne dass er es weiß. Er weiß alles, sieht alles, nach Reue vergibt er alles, er ist gerecht, und, und, und. Wie beantworte man die Frage, warum Gott Katastrophen nicht verhindere?

Stellvertretend für unzählige Katastrophen gehen wir auf den Tsunami ein, der in Phuket und Umgebung besonders gewütet hat, denn da haben wir Insiderwissen. Unser Weihbischof in der schönsten aller Städte mit der dümmsten aller Stadtverwaltungen vertrat in der Öffentlichkeit, aber auch bei den ihn umgebenden Klerikern die Auffassung, an der er nicht gerüttelt haben wollte, der Tsunami in Phuket sei deshalb entstanden, weil auch dort etwas vorgefallen sein musste, was zumindest einen der Dreifaltigkeit geärgert habe. Nun, man muss es unserem Weihbischof lassen, da lag er nicht daneben.

Denn es begab sich, dass in einer angenehm lauen Nacht am Strand von Phuket so gegen 00:10 Uhr sich zwei Gruppen trafen, die aus jeweils zwanzig Paaren bestanden. Alles schon ältere Semester, übergut genährt, weil aus den Niederlanden und Deutschland stammend, und abstinent in Sachen Bildung und Kultur: Keines der Paare war je in einem Theater, alle wussten über Diana, Camilla und Charles, waren leidenschaftliche Anhänger des FC Scheveningen bzw. FC Glückauf Bochum.

Die Niederländer begannen gegen 15:00 Uhr nach einem erholsamen Schlaf im Schatten von Palmen und hoteleigenen Sonnenschirmen, die in Kühltaschen gut temperierten Bierflaschen Marke Grunn Dreidubbel zu leeren. Lediglich einige Damen ruhten in der prallen Sonne und vermehrten so erfolgreich die Verästelungen ihrer Haut, die ohnedies schon dem Deltageäst der Donau auf einer Schüler-Landkarte ähnelte.

Gegen 21.00 Uhr hatte der Beste von ihnen bereits vierzehn Flaschen intus. Man begann zotige Lieder in ihrer Kehlkopfsprache zu singen (die einheimischen Strand-Guides nahmen an, eine Gruppe von am Kehlkopf Operierten wäre des günstigen Klimas wegen nach Phuket gekommen). Dann ergänzte man den Gerstensaft mit Genever und war mit den Vorräten gegen 23:30 zu Ende.

Es war Zeit für etwas Bewegung: Wackelnd, aber weitgehend noch in der Lage zu gehen, wanderten sie den Strand entlang, hüpften ab und zu ins Wasser, und wenn einmal die eine oder der andere in den noch warmen Sand fiel und sich ohne Hilfe nicht mehr erheben konnte, löste das fröhliches Gelächter aus.

Es begab sich gleichfalls, dass eine deutsche Gruppe, genau abgezählt, ebenfalls aus zwanzig Paaren bestehend, sich nahezu identisch wie die Niederländer vergnügten. Nur nahezu deshalb, weil die Deutschen Kölsch tranken, anstatt Genever Doornkaat (die hatten keine Ahnung von Genever), nicht gleich mit zotigen Liedern begannen, sondern zuerst „So ein Tag, so wunderschön wie heute, so ein Tag ...", dann: „Oh du schöner Westerwald ...", dann: „Wir fahren gegen Engeland ...", und zum Schluss (keineswegs textsicher): „Unsere Fahne wehet stolz im Winde ...". Dann, wie die Niederländer, wackelige Wanderung am Strand, Gelächter und Gegröle.

Sie stießen auf die Niederländer, nun waren es in Summe vierzig Germanen und vierzig Germaninnen. Man ortete gleichen sozialen Status, verstand sich auf Anhieb prächtig. Man soff, was noch da war gemeinsam, sang die jeweilige Hymne des geliebten Fußballvereins, und fiel gegen 00:03 übereinander her (Bachanal, wie bei Patrick Süskind in „Das Parfüm").

Adolf-Detlev, ehrenamtlicher Platzwart des FC Glückauf Bochum, fiel irrtümlich über seine Ehefrau her, die ihn gleichfalls nicht erkannte und sich deshalb ungewohnt leidenschaftlich gab. Wenn nichts dazwischen gekommen wäre, hätten sie nach neun Monaten den beiden schon vorhandenen Fußballern einen dritten hinzugefügt. Nie wird man erfahren, ob dieser nicht genauso begabt gewesen wäre wie seine Brüder.

Der Ältere, (Adolf-Hagen), dem man eine glänzende Zukunft in der 1. Bundesliga voraussagte, weil er nie „zurückzog" und so dem zwölfjährigen Tormann der Gastmannschaft mit seinem Schussbein das Jochbein zertrümmerte. Der Jüngere (Hagen-Adolf) war linker Verteidiger in der Schülermannschaft, trainierte zusätzlich Karate, spaltete zum Härten seiner Handkanten stapelweise Weichholzplatten, trank mit neun Jahren das mittelgroße Fläschchen Eierlikör seiner Mutter aus und war der Stolz seines Vaters.

Aber wie schon angedeutet, war die Zukunft der Deutsch-Holländer nicht prosperierend. Gott Vater schaute sich den grunzenden und keuchenden Haufen Verdorbenheit mit gerunzelter Stirn eine Zeit lang an, wurde immer wütender, sein Sohn wollte ihn noch mäßigen, was nicht gelang, dem Heiligen Geist war die Sache völlig wurscht. Auf dem Höhepunkt der Party schlug der Papa mit breiter Hand auf den Indischen Ozean ein. Eine Welle von fünfundzwanzig Meter Höhe entstand und beförderte zweihundertfünfzigtausend Unschuldige sowie achtzig Schuldige ins Jenseits.

Wie hätte man diesen Haufen lüsterner Deutsch-Niederländer, die Schuld an diesem Drama waren, stoppen können? Der Weihbischof der Provinzstadt mit der dümmsten aller Stadtverwaltungen hätte es sofort gewusst: durch Gebete, Prozessionen, Opferungen …

Wir glauben nicht daran: viel eher hätte es „The sexiest woman in town", Präsidentin des Vereins „Dirndl und Lederhos", verhindern können, wenn sie, wie sonst jedes Jahr, in Phuket Urlaub gemacht hätte.

Wäre sie am selben Abend, wegen der Schwüle nur leicht bekleidet, am Strande lustwandelnd auf die Rudelbumser gestoßen, und diese ihrer ansichtig geworden, wären sie von bachanallüstern sofort auf Slowmotion zurückgefahren, und dann zu Standbildern erstarrt. - Allein der Anblick dieser Mutter Teresa der Erotik hätte das Unglück verhindern können.

Alles wäre gut ausgegangen, Gott Vater hätte mit seiner rechten Hand nicht auf das Wasser des Indischen Ozeans geklatscht, um die große Welle zu starten, die zwei Gruppen wären getrennt voneinander in ihre Hotels gewankt, hätten ein Mineralwasser aus dem Zimmerkühlschrank getrunken und wären, von der Anstrengung völlig erschöpft, wie tot ins Bett gesunken.

Hat sich aber so nicht abgespielt: Die Präsidentin von "Dirndl und Lederhos" ließ durch eine Studie den Umwegnutzen ihres Vereins für die Provinzstadt erheben und musste Phuket deshalb ausfallen lassen, weil sie das Ergebnis der Politik und den Medien zu präsentieren hatte. Da die Universität der

Provinzstadt über keine wirkliche Fakultät für Öko-
nomie verfügte, beauftragte sie einen älteren Professor der Biologie, dessen Spezialgebiet das Verhalten
der Regenwürmer bei Sonnenbrand war. So war es
kein Wunder, dass er in seiner Studie, wie von der
Auftraggeberin gewünscht, den Umwegnutzen auch
in der von ihr gewünschten Höhe errechnete.

Ohne „Dirndl und Lederhos" wäre die Provinzstadt nach drei Jahren bankrott, meinte er, den Hotels fehlte selbst in der Hochsaison die Auslastung,
die Gaststätten wären leer, die Arbeitslosigkeit stie-
ge an, der Bürgermeister würde abgewählt. Dem
Professor entging, dass im Zentrum der Provinzstadt jetzt schon reges Leben herrschte, dass zur
Freude der Ärzteschaft täglich Kleinwüchsige von
groß gewachsenen Skandinaviern auf das mögliche
Kleinstmaß schrumpf-getreten wurden.

Als Kernzielgruppe der Zukunft nannte der Professor die Tibeter, weil diese aufgrund ihrer Haut-
struktur jedem Wetter trotzten, und anders als bei
Regenwürmern, keinen Sonnenbrand bekämen.

Wie wurde nun das Gespräch P.'s mit seiner Eminenz fortgesetzt?

P. berichtete seiner Heiligkeit von seiner Liebe zum Heiligen Geist, der ihn bei der Lösung komplexer Seminarinhalte immer unterstütze, aber noch nie so stark wie bei den Argumenten für die Mitarbeiter seiner Eminenz. Der Heilige Geist habe ihn schon in der Volksschule beim Unterricht des Herrn Kooperators begeistert, wie der von den vielen Zungen erzählt hat, mit denen der Heilige Geist die Leute in allen Sprachen reden hat lassen, und jeder verstand den anderen. Eine unglaubliche Geschichte!

Fortan bestimmte dieser sein junges Leben. Er wünschte sich als Knabe nichts sehnlicher als eine Taube, was seine Eltern ihm nach langem Kampf erlaubten. Bald besaß er acht davon, in jeder sah er, unschuldiges Kind, das er war, jeweils ein Achtel Heiliger Geist, zusammen also einen ganzen.

Er durfte zwei Jahre früher zur Firmung, weil er dem Pfarrer ohne einen Fehler auswendig aufsagen konnte, was im Firmunterricht gelehrt wurde. Jeden Abend vor dem Schlafengehen hielt er Zwiesprache mit den Acht-achteln und erfreute sich der gurrenden Antwort des Heiligen Geistes.

Im Laufe der Jahre wurde der Heilige Geist Achtel um Achtel weniger, weil sich ein Falke im Nachbarhaus eingenistet hatte. Seine Eminenz möge ihm verzeihen, wenn er sein kindlich-unschuldiges Tun vor ihm ausbreite.

Wenn seine Heiligkeit gestatte, so werde er ihm jetzt beweisen, dass er für die Schulung seiner Mitarbeiter der richtige Mann sei. Diese würden dann wie Cicero vor dem römischen Senat argumentieren und ideenreich wie Horaz sein. (Der Vergleich mit Größen der Antike schien P. taktisch klug, weil Eminenz natürlich behufs Beruf Superlateiner.)

Sicher wissen Hochwürden, dass der vorletzte höchste Würdenträger des Landes von zwei Frauen je einen Sohn geschenkt bekam, wobei einer, ein Moderator im Fernsehen, seinem Vater wie geklont ähnlich sehe. Habe sich seine Eminenz nie gefragt, weshalb das in der Öffentlichkeit niemals zur Sprache kam? Warum bei Diskussionen über den heiligen Zölibat mit aufmüpfigen Alternativkatholiken nie der Name des Kardinals gefallen sei? Nie wurde gerechnet, wie oft er den Zölibat gebrochen habe. Seine Eminenz habe neben Theologie auch Biologie studiert und wisse deshalb, dass es für die Produktion eines kleinen Erdenbürgers Hunderte, manchmal Tausende Versuche brauche, multipliziere man das mal zwei, nicht auszudenken! – Sünde an Sünde!

Nun werde der hohe Herr aber überrascht sein: Er, P., habe von höchster kirchlicher Stelle den Auftrag erhalten, Einfluss auf alle deutschsprachigen und internationalen Medien zu nehmen und jede diesbezügliche Berichterstattung zu unterbinden. Er habe Tag und Nacht geschuftet, und ohne den Heiligen Geist hätte er diese Mammutaufgabe nicht geschafft.

Er sei von Verlag zu Verlag gereist, von Sender zu Sender, einen Stapel Veröffentlichungs-Verzichtserklärungen unter dem Arm. Alle brachte er zur Unterschrift, selbst hohe Pönale bei Zuwiderhandlung habe man akzeptiert. Seine Eminenz solle lieber nicht fragen, welche Taktiken da nötig gewesen seien. Besonders bei den öffentlichen Anstalten musste er Fraktur reden. Aber alles in allem habe es sich ausgezahlt, sogar beim Begräbnis des Kardinals, an dem beide Söhne teilnahmen, drang nichts an die Öffentlichkeit.

Seine Heiligkeit wissen, wie viele Ereignisse der katholischen Kirche von gottlosen Journalisten, Atheisten und Agnostikern mit Schmutz beworfen werden. Er und seine Mitarbeiter, mit temporärer Unterstützung von Opus-Dei-Rhetorikern, hätten für jedes Ereignis eine Antwort erarbeitet. Besonders die Novizen müssten lernen, den Atheisten und Kritikern der heiligen römisch-katholischen Kirche wie aus der Hüfte geschossen gute Argumente entgegenzufeuern.

Wie würden ungeschulte junge Geistliche beispielsweise im Falle des vorletzten höchsten Würdenträgers reagieren, dem eine schamlose Öffentlichkeit pädophile Verfehlungen vorgeworfen habe? Wie verteidigten sie den frommen Kardinal auf den Vorwurf hin, er habe vor seiner Zeit als Kardinal in einem Internat gearbeitet, und beim Beaufsichtigen der Knaben beim Duschen sei an seiner Soutane vorne etwas unterhalb der Leibesmitte ein horizontal befestigtes Einmannzelt entstanden, das von einem kräftigen Stab in der Mitte gehalten wurde? Das berichteten mehrere Zöglinge, die heute so um die dreißig und allesamt Agnostiker oder Atheisten sind. Der hohe Herr wisse genau, was die ehemaligen Zöglinge mit dieser zynisch vorgebrachten Beschreibung sagen wollten.

Korrektur

Die von ihm geschulte Verteidigung hätte gelautet: Der gottesfürchtige Kardinal in spe habe als Mitglied von Opus Dei seine Geißel unter der Soutane verwahrt, und deren knorriger Haltegriff habe sich durch das Zusammenpressen der Oberschenkel nach vorne geschoben. So sei dann das vertikal verankerte Zelt entstanden. Der fromme Herr hatte die Geißel bei sich, weil er sich unmittelbar nach dem Duschen der Knaben reingeißeln wollte vom Anblick der jungen nackten Körper.

Aber wie ungeschickt habe die heimische Kirche auf die Vorwürfe reagiert: Es habe im ganzen Internat gar keine Dusche gegeben, ergo habe der Kardinal in spe dort auch nicht anwesend ein können. Die Zöglinge hätten sich immer am Waschbecken gereinigt und mussten dabei einen züchtigen Pyjama tragen. – Aber bitte, seine Eminenz werde ihm zustimmen, so eine Argumentation sei unprofessionell, das glaube ja kein Mensch.

Und es gibt noch viel schrecklichere Provokationen von wirklich verdorbenen Menschen. Eure Heiligkeit möge sich vorstellen, bei einer Podiumsdiskussion im Festsaal des Kolpinghauses von St. Martin zum Thema „Gott liebt die Menschen so sehr, dass er seinen eigenen Sohn geopfert hat" provozierte ein alternativ aussehender junger Mann Diskutanten und Auditorium gleichermaßen mit der Äußerung: „Der Opfertod seines Sohnes ist theologisch unvernünftig und unlogisch, denn wenn Gott aus Liebe zu uns diesen Sühnetod veranstaltet und uns zugleich dadurch vor seinem Zorn rettet, wie soll das logisch und theologisch zusammenpassen? Hat Gott dieses Sühneopfer gleichsam mit sich selbst veranstaltet?"

Es verstehe sich von selbst, dass er, P., der die Diskussion geleitet hatte, diesen Unmenschen aus dem Saal gewiesen habe. Aber dann kam es noch schlimmer, Eure Heiligkeit, da meldete sich ein echter Agent Provokateur, das hat man dem schon an seiner spitzen Nase angesehen, und fragte: „Warum der alle Menschen liebende Gott Vater seinen Sohn am Kreuz sterben ließ, nur weil ihm etwas nicht gepasst hat. Das hätte er doch, allmächtig wie er ist, mit einem Fingerschnippen selbst erledigen können. Außerdem, welcher Vater tut so etwas, wenn er weiß, dass sich mit dem Tod seines Sohnes in Sachen Sünden ohnedies nichts ändern wird."

Er und seine Mitarbeiter hätten für Provokationen dieser Art aus der Ecke der Antichristen und

politisch ganz links Stehenden einen Argumenta-
tionsleitfaden ausgearbeitet, mit dessen Hilfe die
klerikalen Mitarbeiter seiner Eminenz in jeder Situation die Oberhand behalten würden.

Seine Eminenz fand mehr und mehr Gefallen an
P., schön war er wie ein Engel, wie ein Erzengel. Die
Unterhaltung wurde lockerer: Sie redeten wie zwei
Brüder, die einander ins Herz geschlossen hatten.
Besser noch, ein Verhältnis wie Vater und Sohn
bahnte sich an.

Nach einiger Zeit hörte der hohe geistliche Herr
P.'s Aufführung nur mehr mit halbem Ohr zu. Zu
seiner Beunruhigung fühlte er eine Erregung, die
durch diesen wunderschönen Mann mehr und mehr
von ihm Besitz ergriff, sodass er all seine Willens-
kraft zusammennehmen musste, um nicht ein Einmannzelt entstehen zu lassen.

P. war beunruhigt, weil die schon ungesunde Rö-
te des Gesichts seiner Eminenz ins bläulich-violette
gewechselt hatte und er deshalb um seinen Seminar-
Auftrag bangte. Die Eminenz hatte schwer zu atmen
begonnen, unterschrieb dann überraschend rasch
den Auftrag über 35 Novizen und 13 Jungpfarrer. Er
müsse sich jetzt verabschieden, ihm sei plötzlich
schlecht, freue sich aber, P. bald wieder zu sehen
und biete ihm an, sein Beichtvater zu werden.

P. verließ gut gelaunt die Eminenz, begab sich direkt zu seinem Geschäftspartner, dem Joschi, der in
einer klassizistischen Villa in der Innenstadt ein

Bordell der gehobenen Klasse leitete, und an dem P. als stiller Gesellschafter mit 35% beteiligt war. P. teilte dem Joschi ohne Umschweife mit, dass er ab Mitte des nächsten Monats mit 48 Dauerkunden rechnen könne, die nicht einmal einen Mengenrabatt beanspruchen würden, und er deshalb mit ihm ab sofort 50:50 mache. Joschi war hocherfreut und mit P.'s Vorschlag einverstanden. Novizen, sagte Joschi, kenne er als angenehme Kunden, die kaum Sonderwünsche äußerten. Seine Damen machten sich ein wenig lustig über sie, weil sich die jungen Herren nur im Dunkeln ausziehen wollen.

Schwere Zeiten für Daphne A

Schon bald bereute A. ihr Verhalten gegenüber P. Sie sei zu spontan gewesen, habe das Ganze nicht im Auge behalten, die Folgen dramatisch unterschätzt, die angeborene und über Jahre mit G. noch verstärkte Kombination von Geiz und Gier habe sie den Überblick verlieren lassen. In ihrem ganzen Leben habe sie nie für sich selbst bezahlen müssen, und seit sie G. kannte, war das ohnedies kein Thema. Auch sei sie von Kindheit an erzogen worden, dass andere für sie zahlen sollten. Ihre Mutter gab ihr da schon Ratschläge, was zu tun sei, um nicht selbst zahlen zu müssen. Bei Bekannten könne sie sagen: Sie habe ihre Geldtasche vergessen, werde diese von zu Hause holen, man möge in der Zwischenzeit für sie auslegen. Oder, sie könne eine Ohnmacht vortäuschen, oder versichern, das nächste Mal werde sie sich revanchieren. In Restaurants empfehle sie, zwei tote Stubenfliegen mitzunehmen und auf den letzten Bissen zu legen. Dann den Geschäftsführer zu verlangen und zu fragen, ob sie ihren Onkel, den Dr. L von der Lebensmittelkontrolle, anrufen solle. Je nach Situation solle sie einschätzen, ob Schmerzensgeld möglich sei. Beim Kauf von Kleidern immer eine Rasierklinge mitnehmen: ein kurzer Schnitt z.B. an der Naht eines Mantels reduziere den Preis erheblich.

Schon in der Unterstufe ihres Gymnasiums war sie bestrebt, Mitschülerinnen an ihren Anschaffungen zu beteiligen. Als ihr noch ein größerer Betrag für den Kauf des von ihr so sehr gewünschten Ara-Papageis fehlte (die Mutter war gegen diese Anschaffung), nutzte sie erfolgreich den Turnunterricht zur Mittelbeschaffung. Sie klagte nach dem ersten Pferdsprung über eine Zerrung am linken Oberschenkel, fragte, ob sie schon duschen dürfe. Durchstöberte dann in der Garderobe Kleider und Taschen ihrer Mitschülerinnen, wollte wegen Erfolglosigkeit schon aufgeben, fand dann aber das Portmonee ihrer besten Freundin und dort mehr als den benötigten Betrag.

Dann stürzte sie weinend, nur mit einem Handtuch bekleidet, in den Turnsaal zurück. Sie habe den Schulwart beobachtet, wie er gerade aus Annas Börse einige Geldscheine entnommen habe. Als er sie bemerkte, habe er ihr mit dem Umbringen gedroht, wenn sie etwas sage. Aber das kümmere sie nicht, die Anna sei doch ihre beste Freundin.

Der Schulwart wurde fristlos entlassen, erhielt eine Vorstrafe von einem halben Jahr und hing zu Schulbeginn nach den langen Sommerferien an einem Seil mit Schlinge um den Hals an einem bruchsicheren Ast der Platane, die seit Urzeiten im Schulhof stand.

Es sei ihm Recht geschehen, war A. der Meinung, für einen Dieb, der sich an das Geld von unschuldigen Mädchen mache, sei das die gerechte Strafe. Sie kaufte sich den heiß ersehnten Ara, dem sie den Namen Brutus gab, und der sich (nomen est omen) wie sein antiker Namensvetter aus der Antike verhalten werden würde.

Daphne A. versucht allerlei, um Attila P. zu vergessen

Die Sehnsucht nach P. fiel A. manchmal an wie ein wildes Tier. Von Tag zu Tag verlor sie mehr und mehr die Kontrolle über sich. Diese eine Nacht mit P. stand mit immer wieder neuen Bildern vor ihr auf. Jede mit ihm verbrachte Sekunde wurde zu einem Bild. So entstanden derer Tausende, und sie war unfähig, sich ihrer zu erwehren. So ergab sie sich in Sehnsucht und Schmerz und erlebte, dass die Erfüllung erotischen Begehrens ein nicht zerreißbares Band spannt zu dem, der das zuwege brachte.

Wie erinnerlich, war die Episode mit A. für P. keineswegs eine Angelegenheit von Gefühl. Regungen dieser Art kamen bei ihm erst gar nicht auf, sein Interesse an ihr war wirtschaftlicher Natur, und damit unterschied er sich nicht von der A., bis diese die Nacht der Nächte in immer aufreizenderen Déjà-vu- Varianten erlebte. Sie verfluchte ihren Geiz von damals, aber nie hätte sie gedacht, dass die Erinnerung an die Nacht der Nächte sie an den Rand des Wahnsinns bringen werde.

Sie wollte ihn, sie musste ihn wieder haben, jeden Stolz schob sie beiseite, schrieb ihm Briefe, schickte Mails, simste, versuchte ihn telefonisch zu erreichen. P. sei auf Geschäftsreise in Kuala Lumpur, bekam sie zu hören, leider telefonisch nicht erreichbar, P. säße mit dem Finanzminister zusammen, um den Verkauf der Hypo Alpe Adria an die Bayern wieder rückgängig zu machen. Habe die gnädige Frau das nicht den Medien entnehmen können?

A. musste sich eingestehen: P. ließ sich verleugnen. Ungeachtet dieser Erkenntnis wuchs sich A.'s Begehren zu einer beängstigenden Psychose aus. G. war irritiert, als sie ihn einmal zwischen Hauptspeise und Dessert mit P. ansprach und ihm versicherte, noch nie habe sie jemand so geliebt wie ihn.

Sie sah P.'s Gesicht an völlig Fremden, was einmal in der Korngasse vor dem Opernhaus dazu führte, dass sie über Herrn Hiroki (großer Baum), der von zarter Statur und schon älter (bei Moriseiki in Nagasaki in der Plagiatsabteilung tätig) und gerade in den Anblick der beeindruckenden Architektur des Kulturtempels andächtig versunken war, herfiel, ihn vor Freude schluchzend koste, meinen liebsten P. nannte, und sich so an ihn drängte, dass beide das Gleichgewicht verloren, sie aber Herrn Hiroki noch im Hinsinken nie versiegende Liebe schwor.

Der fatale Irrtum fand durch die deutlich jüngere Gattin des Sohnes Hippons ein robustes Ende. Diese hatte bei den Olympischen Spielen in Tokio die Silbermedaille in Karate erkämpft und beförderte die A. nun mit einem gekonnten Kekomi Geri (gerader Fußtritt nach vorn) , der durch den Kampfschrei Kiai noch an Wirkung gewann, in die Realität zurück.

Die mit Herrn Hiroki und Gattin reisende Gruppe (Japaner reisen immer in Gruppen) fotografierte und filmte die Szene, schickte Bilder und Film online der Nachrichtenagentur Jiji Press, die diese dann an alle wichtigen Medien des Inselvolkes weiterleitete. Die Folge waren begeisterte Kommentare in Presse und Fernsehen, wobei die Provinzstadt als jene bezeichnet wurde, wo japanische Touristen am liebevollsten aufgenommen würden.

Völliges Unverständnis brachte man jedoch der Gattin von Herrn Hiroki entgegen, die durch ihr ungebührliches Verhalten Schande über Japan gebracht habe. Ein konservatives Blatt legte ihr sogar nahe, Harakiri zu begehen. Selbst der ebenfalls konservative Hiroki wandte sich gegen seine Frau und gab bei Pressekonferenzen an, noch nie so leidenschaftlich geküsst worden zu sein, und er frage sich, ob Japanerinnen dazu überhaupt in der Lage wären.

Dann suchte er im Keller seines Hauses lange nach dem Harakirimesser seines damit ehrenvoll aus dem Leben geschiedenen Großvaters, welches er neben die Reisschale seiner Gattin legte. Ihr schwarzer Kimono am Garderobenhaken, der nur bei wichtigen Anlässen getragen wurde, ließ am Vorschlag Hirokis keinen Zweifel aufkommen. A. erhielt eine Einladung von der Independent Sumo-Wrester-Association, an einem Damenringkampf teilzunehmen.

Der Vorfall mit Japan war für A. dann Anlass, sich einer Freundin mitzuteilen und um Hilfe zu bitten. Diese riet ihr, einen Psychotherapeuten zu konsultieren und empfahl einen Bekannten, der in ihrem Dackelklub Präsident war und sogar Dackel mit aggressivem Verhalten wieder lammfromm machen könne.

Dackelpsycho riet ihr, sich durch Reisen von den Bildern des P. abzulenken. Sie werde bestimmt einen Ersatz für P. finden, empfahl besonders Schiffsreisen, fügte lachend hinzu, da kämen einem die Herren ja nicht aus, auch wohne man Kabine an Kabine. Reisen in den Hindukusch oder in arabische Länder solle sie sich überlegen, sie sei blond und es sei alles dran an ihr, da fänden sich leicht Verehrer. Bald würde sie die P-Bilder nicht mehr sehen. Weiter empfahl er kalte Duschen und einen Schluck Rizinusöl, wenn P.'s Gesicht auftauche.

Dr. Dackel irritierte sie durch sein Augenzwinkern, welches sich alle zwanzig Sekunden wiederholte, und das sie bei den ersten Zwinkerern falsch verstand. Noch störender empfand sie, dass Dackel, offenbar ohne sich dessen bewusst zu sein, nach jedem Satz, wo man üblicherweise die Stimme senkt, „Wuff" bellte.

Wenngleich A. von Dackel wenig angetan war, begann sie doch, sich mit Reisezielen zu beschäftigen; als Lehrerin verfügte sie über ausreichend Zeit. Sie probierte aber auch die Therapie mit Rizinusöl, das lenkte sie tatsächlich kurz von P. ab, die Nebenwirkungen waren jedoch quälend und länger anhaltend und deshalb auf Dauer nicht durchzuhalten.

Als Resultat ihrer P.-Frustration fand sie immer mehr im Essen eine Ersatzbefriedigung, denn während der Nahrungsaufnahme war sie von allen äußeren Einflüssen derart abgelenkt, dass sie die Bilder des P. nur noch blass wahrnahm, ja diese teilweise gänzlich verschwanden.

Wen erstaunt es, dass sie, schon zuvor eine wackere Esserin, im wachen Zustand nun durchgehend etwas zu sich nahm. Während des Unterrichts bestrafte sie Unartigkeiten der Kinder, indem diese ihre Jausenpakete abgeben mussten, später auch bei schlechten Noten und vergessenen Hausaufgaben.

Freiwillige Spenden an die Frau Oberlehrerin wurden über die Maßen populär, weil für die Benotung nicht ohne Bedeutung. So gaben die Mütter ihren Lieblingen zwei Jausenpakete mit und überboten sich gegenseitig in lukullischer Vielfalt. Die Kommunikation zwischen ihr und den Eltern der Schüler war vorbildlich, denn sie fand nahezu täglich statt. Die Kinder waren begeistert von ihrer Rolle als Transporteure wichtiger Botschaften an ihre Eltern. Sie gab, ganz Lehrerin, gute oder weniger gute Benotungen: So sei das Schwarzgeräucherte von der Grundstruktur her gelungen, bei der Sure solle man aber künftig nicht mit Knoblauch sparen, auch etwas mehr Salz könne nicht schaden. Es sei dann haltbarer, so habe man gemeinsam länger davon. Kevin habe sich in Mathematik von einer Vier bereits auf eine Zwei hochgearbeitet, das werde für die Aufnahme ins Sportgymnasium reichen, ob man bei ihm zu Hause die vorzügliche Salamisorte „Pick" aus Szeget kenne? Bei der Schwarzwälder Kirsch habe man mit Zucker und Schokolade gespart, viel zu wenig Butter habe man verwendet, ob man nicht wisse, das Butter ein Geschmacksträger sei. Es sei ihr nicht angenehm, sagen zu müssen, die Portion sei so klein gewesen, dass sie an einen Hungerstreik erinnert wurde. Hans-Peter habe sich in Englisch weiter verschlechtert, wenn es so weitergehe, befürchte sie eine Wiederholung der Klasse. Mit etwas mehr Engagement Eltern-seitig werde man ihn vielleicht noch auffangen können.

Die Kinder begannen ihre Mütter zu kontrollieren: „Den geräucherten Lachs hast du beim Hofer gekauft, das geht nicht! Da hat die Frau Lehrerin schon das letzte Mal geschimpft; ich möge der Mama sagen, bei Barakuda und Krake in der Hohlweg-Hauptstraße gebe es den besten Lachs. Ohne Lachs-Senf sei er übrigens nur das halbe Vergnügen." Esslust brachte auch für G. Veränderungen mit sich. Gingen er und sie üblicherweise nur an Wochenenden zum Essen aus, so bestand sie nun auf dem täglichen Restaurantbesuch (mit Ausnahme des Montags, den sie für die Weight-Watchers reserviert hatte). Die von ihr verzehrten Mengen erstaunten Kellner und Gäste an den Nebentischen gleichermaßen. G. schien daran Gefallen zu finden, denn, je beleibter sie würde, umso weniger musste er Nebenbuhler fürchten, und ohne Hüllen bot sie sich ihm ohnedies nicht dar.

G.'s Bekannte und Kollegen mussten sich immer wieder wundern, wie sehr er mit A. verkettet war. Es könne sich dabei nur um Masochismus handeln, mutmaßte man. Wilde Gerüchte machten die Runde: So wurde von der Chefsekretärin seiner Kanzlei behauptet, der Herr Rechtsanwalt habe in seiner Wohnung eine Folterkammer mit Knute, Zangen, langen Nadeln, Utensilien aus schwarzem Lackleder, ein Strick mit Schlinge und Zeit-einstellbarer Loslösautomatik baumle von der Decke. – Jedoch das Gerät mit dem Höchstmaß an Schmerzvermittlung sei die A., da waren sich alle einig.

Mit Bedacht wählte G. Lokale aus, wo es bekanntermaßen große Portionen gab. Mittlerweile ging es der A. nicht mehr so sehr um die Erlesenheit der Gerichte, nein, entscheidend war der bis über den Rand hinaus gefüllte Teller. Im Laufe der Zeit steigerte sich ihr Appetit ins Unermessliche: Genügten früher zwei Berner Schlachtplatten, erhöhte sie jetzt auf drei, verlangte dann noch eine Extraportion Sauerkraut mit Geselchtem.

Ihr Gewicht hatte bereits die 100-Kilo-Marke überschritten, und bei privaten Einladungen fürchtete man sich vor ihr wie der Teufel das Weihwasser. So wurde kolportiert, sie habe sich wegen der kleinen Essensportionen bei der Gattin des Präsidenten der Rechtsanwaltskammer beschwert und sie aufgefordert, wenigstens noch einmal Käse nachzulegen. Bitte besonders reichlich vom St. Agur und vom Greyerzer, auch der norwegische Gudbrandsdalen habe gut gemundet.

Die Dame des Hauses versicherte ihr (nicht wahrheitsgemäß), es sei kein Käse mehr im Hause, drei Mal habe man ja schon nachgelegt. A. schenkte dieser Aussage keinen Glauben und begab sich auf Inspektionstour in die Küche, landete zuerst im Kinderzimmer, wo die aus dem Schlaf gerissenen Zwillinge vor Schreck einen dualen Weinkrampf bekamen. Sie hastete weiter ins eheliche Schlafgemach und fand schlussendlich die Küche, wo die Frau Präsidentin bereits kampfbereit vor dem Kühlschrank stand.

Die zarte Dame brachte nur 58 Kilo auf die Wage und war für A. keine ernst zu nehmende Gegnerin. Der Ringkampf war demzufolge kurz, und der Weg frei zum gehorteten Käse im Kühlschrank, der für das traditionelle Sonntagsfrühstück mit den Eltern des Präsidenten bestimmt war. A. beschimpfte Präsidenten und Gattin wüst, sie benähmen sich wie die Leute nach dem Zweiten Weltkrieg, wo man Speck und Käse wegräumte, wenn die verarmten Verwandten zu Besuch kamen, oder sich ein fressgieriger Pfarrer ansagte.

Dass man den Käse vor ihr versteckt habe, sei gemein und dumm. Sie sei empört und könne sich nicht zurückhalten, den G. zu zitieren, der zu ihr gesagt habe, die von der Kammer seien so dumm, dass sie nicht einmal einen Rülpser von einem Furz unterscheiden könnten.

Der eine Zwilling erzählte seiner Mutter am Morgen, er habe im Traum eine dicke aufblasbare Puppe mit vorstehenden blauen Augen gesehen, der andere sah ein Nilpferd mit einem Frauenkopf auf sich zukommen. Die Kinder wirkten noch lange verstört; man werde G. und A. zusammen nicht mehr einladen, beruhigte der Präsident seine Frau.

Dieser Geschichte wurde genüsslich eine weitere aufgesetzt: Ein sportlicher Steuerberater mit einer gut gehenden Kanzlei im Zentrum der Provinzstadt kämpfte um die Einwilligung seiner Frau, mit einer Gruppe Bergsteiger aus Tirol und Bayern den 8027 m hohen Shisha Panoma im Himalaja besteigen zu dürfen. Seine Frau blieb bei ihrem Nein: zu gefährlich, er habe Verantwortung für die Familie, sie habe noch nicht einmal den Babyspeck weg, und schon wolle er sie zur Witwe machen.

Die Auseinandersetzungen wurden härter. Er habe die Aufstiegsrute ausgearbeitet, ohne ihn fänden die Kameraden nie den Gipfel, sie desavouiere ihn vor diesen, er könne sich auch scheiden lassen, daran möge sie auch denken, wer nähme sie dann schon mit Babyspeck und Kleinkind. Ob man sich nicht einigen könne, ein modus vivendi sei immer noch eine gute Lösung gewesen. So halte er es immer mit dem Finanzamt, warum glaube sie, habe er einen so guten Ruf dort, und auch bei seinen Klienten.

Die Jungmutter ließ sich nicht einschüchtern und blieb bei ihrem: „Nur über meine Leiche!" Da kam dem Luis Trenker-Verschnitt die rettende Idee: Wenn sie nicht zustimme, lade er die A. mit oder ohne G. zum Ganslessen ein, sie möge drei Mastgänse im Geflügelhof für das Wochenende bestellen.

Die Reaktion seiner Frau kam überraschend und war dramatisch: Bronchien-rasselnd keuchte sie nach Luft, dann folgte der Nervenzusammenbruch, der sich, Gott sei Dank, nach Minuten zu einem Weinkrampf reduzierte. Ein Kreislaufkollaps hatte sich angedeutet, war aber nicht eingetreten, weshalb sie mit ihrem bergwütigen Mann stanta pede ins Spezialgeschäft für Hochgebirgsausrüstung fuhr. Dort half sie ihm bei der Auswahl wetterfester Kleidung, beriet ihn bei der Auswahl von Himalajatauglichem Schuhwerk, testete Energieriegel auf Geschmack und Zusammensetzung, lag Probe in mehreren Daunenschlafsäcken und maß mit der Stoppuhr, bei welchem sie am schnellsten ins Schwitzen geriet. A. hatte keine Ahnung, dass sie eine Ehe gerettet hatte und ein Kind nicht ohne Vater aufwachsen musste.

Für Rinpoche G. werden die Zeiten schlechter

Wenn A. nicht gerade mit der Nahrungsaufnahme beschäftigt war, um so die Bilder von P. verdrängen zu können, ließ sie ihre Frustration an G. aus und nutzte jede Gelegenheit, ihn zu blamieren. Hatten den G. A.'s Einfälle früher zum Lachen gebracht, nahm die Erheiterung nun gleichermaßen ab wie sie an Gewicht zu.

Einen üblen Spaß leistete sich A. am Bahnhof von Verona, wo G. und sie sich ein paar Tage der Zerstreuung gönnten. Um stressfrei und auch sicher dorthin zu gelangen (G. fuhr seinen Camaro Chevrolet mit zunehmendem Alter immer schlechter), reservierte G. auf Druck von A. ein Schlafwagenabteil der Luxusklasse. Man genoss Veronas Sterneküche in vollen Zügen. Was den Einkauf betraf, fand A. in den Nobelgeschäften wenig, was sie nicht schon besaß, aber doch so viel, dass G.'s Griff zur schwarzen Diners nach und nach unwilliger wurde.

Das reichliche Mahl, mit dem man den Ausklang der Reise feierte, verursachte bei G. am nächsten Morgen in der Bahnhofshalle vor der Abreise ein dringendes Bedürfnis. Als er endlich vor einer Toilette stand, bat er A. in schon druckvoller Hektik, sie möge ihm sagen, ob er bei „Donne" oder „Uomini" richtig sei (wie erinnerlich, G. ohne Fremdsprachenkenntnisse). Natürlich solle er nach „Donne", nicht einmal das wisse er.

So schnell G. konnte, rannte er nach „Donne", riss die erste Türe auf (wie bei allen italienischen Hocktoiletten – Turca – mit kaputtem Schloss). Dort traf er auf die sich in Hockstellung befindende Signora Leone aus Foggia in Apulien, eine energische Dame mit Oberlippenbart und schlechter Laune, weil sie eben von ihrer Tochter mitgeteilt bekam, dass sie im fünften Monat schwanger sei, aber nicht wisse von wem.

Nach einem kurzem Schock bei G.'s Anblick stieß sie den traditionellen apulischen Kampfschrei aus, den sogar Seeräuber und Wikinger gefürchtet hatten, reduzierte dann die Reinigungszeremonie auf ein Minimum und fegte hinter G. durch die Bahnhofshalle. Nachdem der Kampfschrei verklungen war, rief sie mit unverkennbarem süditalienischen Idiom „Mantenere la scrofa", „Mantenere la scrofa", „Mantenere la scrofa" (Haltet die Sau, haltet die Sau).

G. lief direkt in die Arme von zwei Carabinieri, die ihn nach kurzer Schilderung des Vorfalls durch Signora Leone aufforderten, seinen Akku-Bohrer herzugeben. Er habe im ganzen Bahnhofsviertel Gucklöcher in die Trennwände von Uomini nach Donne gebohrt, damit sei jetzt Schluss. G. verstand zwar kein Wort, begriff aber, dass ihm Unheil drohte und ergriff in Panik die Flucht, die aber durch Emanuele – er war im Vorjahr beim Carabiniere-Triathlon von Verona Dritter geworden – nach sieben Metern ihr vorläufiges Ende fand. Ein vorläufiges Ende deshalb, weil Emanuele G.'s Haarschopf zu fassen bekam und sich G.'s Eternit-gesprühter Helm auf die linke Schulter senkte, was bei Emanuele eine Schockstarre auslöste und G. so seine Flucht fortsetzen konnte. Doch dieses Mal war es Eros, der andere Carabiniere, der ihn stellte, ihm einen Tritt dorthin versetzte, wo G.'s Dilemma seinen Anfang genommen hatte, ihm dann Handschellen anlegte und ihn mit „Brutto stronzo" beschimpfte.

A., die das Geschehen glucksend vor Lachen verfolgte (sie war nicht die Einzige in der Bahnhofshalle), hatte ihren Spaß gehabt und klärte Emanuele und Eros über den Sachverhalt auf. Zum Abschied meinte Eros noch, die Signora solle dem Onkel die Haare schneiden lassen, wenn sie geradeaus schaue, sehe sie dort einen Barbiere.

Daphne A. bringt Rinpoche G. unter Druck. Und auch sonst läuft es für ihn nicht besonders

G. vereinsamte zusehends, denn beim abendlichen Restaurantbesuch konzentrierte man sich ausschließlich auf das Essen. Die Konversation erschöpfte sich in der Frage, ob sie den Rest von G.'s Teller haben könne, oder wann er endlich ein neues Auto kaufe, eine Bekannte habe zu ihr gesagt, der Camaro Chevrolet sei ein Zuhälterwagen. Was die Leute dächten, wenn sie neben ihm in so einem Auto säße, könne er sich vorstellen. Sie steige in den Camaro nicht mehr ein, bis er einen anderen Wagen hätte, sie rege an, einen Mercedes 500 zu kaufen. Bis dahin möge er mit einem Taxi bei ihr vorfahren.

In G.'s Kanzleigemeinschaft, mit ihm vier Anwälte, zogen dazu noch dunkle Wolken auf: Die Klienten wurden unzufrieden, zeigten sich erst verständnislos, dann obstinat, wenn Verhandlungen an Konzipienten übertragen wurden und deshalb verloren gingen. Es sprach sich herum, G. erscheine kaum vor Mittag, eine gekündigte Sekretärin erzählte der Sekretärin des größten Klienten, wenn G. dann endlich ankäme, sei er übellaunig, röche nach Whiskey-Cola, lalle in sein Diktiergerät hinein, was dann natürlich Fehler beim Schreiben verursache. Es sei sogar so, dass die Bänder des Diktaphons einmal nach Whiskey-Cola, dann nach Rotwein röchen, behauptete die Gekündigte. Die anderen Anwälte seien entweder auf der Jagd oder auf dem Golfplatz.

Die Klienten bröckelten ab; die ergiebigste Cashcow kündigte den Vertrag auf. Ungeachtet dieser trüben Vorzeichen war G.'s Hörigkeit gegenüber A. größer als jede Vorsicht, und er bestellte den gewünschten Mercedes 500 in Bordeauxrot, denn das war ihre Lieblingsfarbe. Durch A.'s sensibelfreie und andauernde Zugriffe auf G.'s Finanzen konnte dieser nur einen geringen Betrag der Anschaffungskosten aufbringen und musste den Rest über die Hausbank der Kanzlei finanzieren, die vom Ausfall des Hauptklienten der Kanzlei natürlich keine Ahnung hatte.

Wie schon erwähnt, war G. reaktionär bis ins Knochenmark, und wen wundert es, ein begeisterter Monarchist, was in seiner Familie Tradition hatte: Da gab es einen Hauptmann und einen Oberst, die als Berufsoffiziere dem Kaiser gedient hatten, der eine bei der Kavallerie, der andere bei den Gebirgsjägern, der bei Isonzo für Kaiser, Gott und Vaterland als Held das Zeitliche segnete.

Allerdings mochte er den Kaiser Franz Joseph nicht. Nicht etwa, weil er ihm die unzähligen geschlachteten Soldaten vorgeworfen hätte, die nur für den Erhalt der Habsburg-Dynastie ihr Leben lassen mussten, sondern weil er von klein auf in Sissi verliebt war. Er mochte sich nicht vorstellen, dass der seine Sissi in den Armen gehalten, und noch schlimmer, er sie mit einer ganz schlimmen Krankheit angesteckt haben könnte.

Sissi verkörperte für ihn Schönheit und Unschuld, was er in dieser Symbiose später in keiner Frau fand, am allerwenigsten erfüllte A. den zweiten Teil dieser Symbiose. Er hielt es für eine Lüge, dass Sissi in den Andrassy verliebt gewesen sei, dennoch genügte ihm der Verdacht, um eine tiefe Abneigung gegen die Ungarn zu hegen. Im Laufe der Jahre entwickelte G. zu Sissi ein ähnlich erotisches Verhältnis, wie manch katholischer Kleriker zur Gottesmutter Maria, was im Idealfall dafür ursächlich war, dass Zöglinge in Internaten und kleine Ministranten unbeschwert ihre Kindheitstage genießen konnten.

G. träumte oft von Sissi, wie sie ihn an sich zog, ihm zärtliche Worte ins Ohr flüsterte, seine Haare bewunderte, die sie an Achilles' Helm erinnerten, und wie er sie so genial von unten nach oben und dann im Kreis herum drapieren konnte. Wie unattraktiv sehe im Vergleich zu ihm ihr kleingewachsener Mann mit seinen Einmeterachtundsechzig aus, mit seiner Glatze und dem Haupt eines Hilfsknechts aus dem hinteren Ötztal.

Einmal hatte G. einen besonderen Traum: Er und Sissi ließen sich in einer Sänfte in Richtung eines Zweitausendfünfhunderters in der Nachbarschaft des Ortlers tragen, um die unberührte Pracht der neuschneebedeckten Gipfel der Dolomiten zu genießen. G. an ihrer Seite gestand ihr, dass er sie liebe, Sissi gestand, sie liebe ihn auch. Er sei so schön und tapfer wie Achilles, und demzufolge der Antipode ihres Mannes, dessen durch Inzucht geformtes Haupt sie an einen Knecht im mittleren Ötztal erinnere. Ob er sie nicht küssen wolle, sie wäre dazu bereit. Ehe der vor Erregung zitternde G. sich anschickte, Sissis Wunsch zu erfüllen, ertönte ein leicht zuordenbares Geräusch, das von den robusten Sänfte-tragenden Bauernburschen aus Sulden stammte und auf das karge, aber kohlehydratreiche Frühstück aus saurer Milch, Schüttelbrot und Kohlsuppe zurückzuführen war. In phonetischer Unbekümmertheit gaben sie sich ihrer Verdauung hin und schüttelten sich trotz des Gewichtes der Sänfte vor Lachen, was zu starken Vibrationen im Inneren der Sänfte führte und G. deshalb nicht unmittelbar Sissis Aufforderung nachkommen konnte.

Als er sich wieder Sissi zuwandte, saß an deren Stelle die A., unter deren Gewicht die strammen Burschen einknickten und sie deshalb beide aus der Sänfte warfen. Beide fanden sich auf einem moosbedeckten Felsen sitzend, wo A. an seiner Seite Pustertaler Schinkenspeck mit einem Hirschfänger in dünne Scheiben schnitt und mit einem Vintschger Weckerl in ihren weit aufgerissenen Mund schob, der so groß war, dass er Kinn und Nase völlig bedeckte. G. schüttelte sich vor Ekel und beschloss, A. bei günstiger Gelegenheit zu töten. Dann sah er in weiter Ferne einen Punkt, der groß und größer wurde, sich als A.'s Ara Brutus entpuppte, welcher sich auf G.'s Schulter setzte und die linke, den Daumen ersetzende Kralle in einem sonderbaren Winkel wegstreckte und G. ins Ohr krächzte: „Du bist mein Meister, mein herzensguter Meister, wenn du mich brauchst, bin ich für dich da, für dich da. Schlag ein, hier meine linke Kralle, dann gilt's."

Als G. erwachte, dachte er lange über diesen Traum nach und erzählte A. nichts davon, brachte dem Brutus bei seinen Besuchen aber abwechselnd eine große Mango oder eine schöne Ananas mit.

Daphne A. geht auf Reisen, um Attila P. zu vergessen

Wie erinnern uns, die Bilder von P., die vor A.'s Augen immer wieder auftauchten und schon zu einer Psychose geführt hatten, verdrängte sie durch üppige Mahlzeiten und das Verschlingen von Pausenpaketen, mit denen liebende Mütter Einfluss auf die Zensuren ihrer Lieblinge nehmen konnten.

A.'s Esssucht nahm dramatische, ja medizinisch bedenkliche Formen an. Wie jeder Psychologe weiß, konzentrieren sich die an der Esssucht erkrankten Personen bei der Nahrungsaufnahme nur auf diese. Esssüchtige würden während des Essens keine Signale wahrnehmen, behauptete der R, man könne sie beschimpfen und beleidigen, wie man wolle, es erfolge keine Reaktion.

Ein diesbezüglicher Test, den Matteo bei einer gemeinsamen Einladung zum Gaudium der Tischrunde machte, fiel eindeutig aus: Roma brüllte der neben ihm Sitzenden und schmatzenden A. ins Ohr, dass, wenn man ihr Fett „ausließe", bekäme man ein Bierfass voll Tran. Von A. kam nicht die Spur einer Reaktion. Matteo war erstaunt, den G. mit den anderen lachen zu hören.

Nun. Kein Mensch kann rund um die Uhr etwas in sich hineinstopfen. A. schaffte das etwa 12 Stunden täglich, aber nächtens standen P.'s Bilder, ob sie träumte oder wach war, wieder vor ihr auf. Sie entschloss sich deshalb, den Rat von Dackelpsycho zu befolgen, sich auf Reisen zu begeben, um in fernen Ländern nächtliche Zerstreuung zu finden. Dabei wählte sie mit Bedacht jene Destinationen aus, die man als Low-Wage-Countries bezeichnet, weil sie dort mit ihren ausladenden Formen (sie wog nun schon 112 Kilo) für die mageren Zwangsvegetarier die personifizierte Fleischeslust darstellen musste. So wäre es wohl leicht, preisgünstig Dienstleister zu akquirieren, die nächtens P.'s Bilder und die Erinnerungen an die Nacht der Nächte zu vertreiben vermochten.

So verbrachte sie ihre vielen langen und kurzen Ferien (wie sie nur Lehrer haben) zuerst in Nordafrika, dann in Fernost und zum Schluss in Mexiko, wo ein Maya und seine Schwester aus dem Hochadel vergangener Zeiten ihr Leben maßgebend beeinflussen sollten. Doch Mexiko ist eine längere Geschichte, deshalb wenden wir uns zuerst den anderen Reisen zu.

Im Großen und Ganzen war A. mit ihrem Konzept der nächtlichen Ablenkung erfolgreich. Es erwies sich als nicht schwierig, junge Herren für ihre Zwecke zu akquirieren, meist waren es Kellner aus dem Hotel, wo sie wohnte. Junge Burschen mit Flachbauch und hungrigen Augen, denen noch etwas Geld für die Anschaffung eines Fahrrads oder gar einer Vespa fehlte. Sie war, was deren Leistung anbelangte, anspruchsvoll. Nicht, dass sie Ähnliches erwartete, wie es P. zu erbringen in der Lage gewesen war, aber sie bestand auf einer konzentrierten Empathie und bezahlte mitunter nicht immer den vereinbarten Preis, was fallweise zu Irritationen und Ärger führte.

Lediglich einmal überwand sie ihren angeborenen Geiz und bezahlte dem Fahrrad-Rikschafahrer Hasan-Imran in Dhaka 706,00 Bagladeshi Taka mehr als vereinbart, was etwa 7,20 Euro entsprach. Hasan-Imran war ein Wunder an Kondition, nur Muskeln und Sehnen. Er durchlief als Bester seines Jahrgangs eine knochenharte Spezialausbildung der Bangla-Rikscha-Assoziation, welche die Beförderung einer speziellen Sorte von US-Amerikanern zum Ziel hatte, die von der Humanwissenschaft als „Homo culus major" (Wesen mit großem Hinterteil) bezeichnet wird.

Der „Homo culus major" entstand durch vielfältige Einflüsse, welche die Wissenschaft noch nicht zur Gänze klären konnte. Sicher ist aber, dass er im mittleren Westen der Vereinigten Staaten, den man auch den Bibelgürtel nennt, seinen Ursprung hatte. Die dort beheimatete ungesunde Ernährung mit Burger, Unmengen an Steaks und Spareribs, dazu literweise Coca Cola, möge einen wesentlichen Anteil am schnellen Wuchs des Culus gehabt haben.

Weitere Kennzeichen des „Homo culus major" sind sein niedriger Bildungsstand und seine infantile Einstellung zur Religion. So glaubt hier eine starke religiöse Bewegung (die „Kreationisten") tatsächlich, dass Gott die Erde mit allem Drum und Dran in

7 x 24 Stunden erschaffen hat. Interessant ist auch, dass in der Menschheitsgeschichte keine ähnliche Entwicklung bekannt ist, wie die der Bibelgürtler, die in kürzester Zeit von der Barbarei zur Dekadenz gelangten, ohne den Umweg über die Kultur zu nehmen.

All das mag ein fruchtbarer Boden für die Entstehung des „Homo culus major" gewesen sein. Nicht außer Acht lassen sollte man aber den Einfluss von Tschortsch Dabbelju Bush auf den Intellekt und das Bildungsniveau seiner Kernwähler. Aber, keine Frage, die Wissenschaft wird noch Jahre bis zur gänzlichen Klärung dieses biologischen Phänomens benötigen.

Versuchen wir nun eine Spezifikation des „Homo culus major": Männer wie Frauen sind groß gewachsen, haben runde Köpfe und niedrige Stirnen, überbordende Bäuche und nicht erkennbare Hüften. Ihr untrügliches Kennzeichen (und Ursache für die Namensgebung) ist aber ein Hinterteil, das doppelt bis dreifach so wuchtig ausgelegt ist wie beim Normalmenschen. Die Oberschenkel ähneln antiken Säulen und lassen selbst bei verzögerter Schrittfolge durch Reibung Hitzefelder entstehen, die eine Polsterung der Unterwäsche an den Schenkelinnenseiten mit Asbest erforderlich machen.

Hasan-Imran wurde auf sie aufmerksam, weil sie von hinten aussah, als gehöre sie zu den „Homines culi majores". Er lud sie zu einer Rikscha-Fahrt auf den Hügel Messun ein, von dem man einen guten

Ausblick auf Dhaka hatte. A. bewunderte, wie scheinbar mühelos Hasan-Imran die steilen Serpentinen hinauffuhr und nahm deshalb an, sie habe an Gewicht verloren. Das war natürlich ein Irrtum: Hasan war gebündelte Kondition und Zähigkeit und musste für A.'s Verlangen der ideale Spielgefährte sein. Sie machte ihm deshalb ein Angebot, das er kaum ausschlagen konnte.

Dank Hasan reduzierte sie nun tatsächlich ihr Gewicht von 112 auf 108 Kilo, was sie wertschätzte und die schon erwähnte Belohnung zur Folge hatte.

Ein Negativerlebnis hatte A. in Sidi Bernoussi mit Dulamah, einem marokkanischen Kellner, dem sie, weil selbst nach drei Wochen keine Gewichtsreduktion zu bemerken, den vereinbarten Preis nicht zahlen wollte. Dieser fühlte sich in seiner Ehre zutiefst verletzt und bestand nicht nur auf dem vereinbarten Preis, sondern forderte darüber hinaus noch ein Zusatzhonorar wegen beträchtlicher Selbstkosten.

A. solle sich doch einmal selbstkritisch betrachten, ob sie denn glaube, ihr Anblick ohne Kleider führe zu den nötigen Gefühlen für die geplante körperliche Erhebung. Er habe den Familienrat einberufen (in seinem Lande halte man in der Familie zusammen, ganz anders als dort, wo sie herkomme) und diesen um Hilfe gebeten. Die Familie sei ratlos gewesen, nachdem sie erfuhr, dass die Oberflächenkälte von A.'s Haut dem eines Warans ähnlich sei, bevor ihn die Sonne erwärmte. Dann, wenn sie ihn an sich drücke, er nach Luft hechle und den Bruch seiner Rippen befürchte. Sie sei darüber hinaus ohne Empathie, Charme und Zärtlichkeit.

Ob der Familie da nicht etwas einfiele, habe er gefragt, er sei in beträchtlicher Verlegenheit. Da habe sich die alte Großmutter gemeldet: Sie könne ihm vielleicht helfen und so die Familienehre retten. Wie sie sich noch gut erinnern könne, hatte der Opa auch einmal Schwäche gezeigt. Da habe sie ihm ein Ragout aus drei Hammelhoden mit Chili gekocht, das habe den Opa wieder aufgerichtet.

Er sei sofort zum Schlachter in der Rue des Agneaux gelaufen und habe nach drei Hammelhoden gefragt. Der Metzger habe ihn ausgelacht und gesagt, er habe noch nie einen Hammel mit drei Hoden gesehen. Er habe aber einen mit zwei Hoden; bestünde er aber auf drei, müsse er noch einen schlachten. Nach zäher Verhandlung über den Preis habe er schlussendlich zugestimmt.

Ob sie denn eine Ahnung habe, was das alles gekostet habe? Wohl aber sei ihr aufgefallen, wie frisch er nach dem Ragout gewesen sei, dafür müsse sie sich zusätzlich erkenntlich zeigen. Er habe schon vermutet, dass sie bei der Abrechnung kleinlich sein werde; ob er ihr seine drei Cousins, die unten in der Empfangshalle auf seinen Anruf warteten, vorstellen dürfe.

Die drei seien weit über Sidi Bernoussi hinaus bekannt wegen ihrer Vorführungen mit Schwarzen Marokko-Cobras, denen sie, anders als viele Betrüger in der Branche, nie die Giftzähne gezogen hätten.

Ihr nächstes Reiseziel würde Mexiko sein, schwor sich A. Von Asien, und besonders von Nordafrika, habe sie genug. In Mexiko werde sie auf edle Nachkommen der Mayas und Azteken stoßen, die sagenhaften Goldschätze ihrer Ahnen hätten sie immer schon interessiert.

G. erlebt sein finanzielles Waterloo

Es darf an den Einfluss von A. auf G. erinnert werden, weshalb G. den schon erwähnten Mercedes 500 kurz vor seiner Pensionierung (er sprach in diesem Zusammenhang immer von Emeritierung) bestellte und diesen weitgehend über einen Bankkredit finanzierte. Wie bei fast allen Juristen beschränkte sich auch G.'s wirtschaftliches Know-how auf die Ausstellung satter Rechnungen für halluzinogen erbrachte Leistungen. So soll ein Klient ihn einmal gefragt haben, ob er kurz vor der Ausstellung einer Rechnung an ihn getrockneten Fliegenpilz geschnupft habe.

Bei seinem Abschied aus der Kanzlei wurde ihm von der Buchhaltung eine horrende Summe für getätigte Privatentnahmen präsentiert (dazu hatte A. nicht unwesentlich beigetragen) und fällig gestellt. Dann fielen dafür noch rund 50% Steuern an. In Summe hatte der arme G. nun jeden Monat mehr Ausgaben, als seine Pension ausmachte. Dennoch wagte er aber nicht, die A. über seine prekäre finanzielle Situation aufzuklären, weshalb diese über seine plötzliche Knauserei verärgert war. Sie sehe nicht ein, weshalb sie plötzlich nicht mehr in erstklassigen Restaurants dinierten. Bei den immer seltener werdenden Essen in eben nicht so teuren Restaurants benahm sie sich ungebührlich, schnitt ihm wiederholt das Wort ab: Er möge ruhig sein und sie nicht beim Essen stören.

Wen wundert es bei A.'s Charakter, dass sie dem G. mehr und mehr die kalte Schulter zeigte und nur mehr selten bereit war, sich mit ihm zu treffen. G. litt sehr unter seiner Einsamkeit, weshalb er seine kleine Werkzeugmaschine UNIMAT 3 aus dem Keller holte, die ihm sein Vater zum sechzehnten Geburtstag geschenkt hatte, und mit dem Bau eines Miniatur-Rovers begann.

Diese kleine Maschine hatte ihm in jungen Jahren viel Freude bereitet, und als er in der Hauptstadt sein Studium begann, hatte sie ihren Platz im Hobbyraum seines Onkels, bei dem er wohnte und verpflegt wurde. Er verbrachte viel Zeit mit seiner Maschine, und bald beherrschte er alle Techniken, um schöne Automodelle herstellen zu können.

Dieses Know-how kam ihm sehr zustatten, als er sich entschloss, ein Attentat auf das türkische Konsulat auszuüben, das in einer schönen Villa untergebracht war. Damals war er noch ein echter Kerl, was habe nur die A. aus ihm gemacht. Er sei dieser Hexe verfallen, sie sei wohl sein Schicksal, der liebe Gott werde ihn prüfen wollen; in der Ewigkeit würde er dafür bestimmt reich belohnt werden. Vielleicht könne er sie dann von hoch oben zusammen mit den anderen Hexen in den Flammen der Hölle schmoren sehen.

Ja, als Student war er noch bereit, für seine Ideale etwas zu riskieren, aktiv zu werden. Natürlich war er in einer christlichen Verbindung, und dort traf er ähnlich Gesinnte. Nur war er viel reaktionärer, monarchistischer und wagemutiger. Von allen Ausländern mochte er die Türken am wenigsten. Diesen verzieh er nicht, dass bei der Belagerung von Wien 1683 erst die Polen kommen mussten, um Wien zu retten. Denn die mochte er auch nicht: Er empfand es als Schmach, dass man auf diese Slawen angewiesen gewesen war. Er mochte die aus dem Osten alle nicht, die weit unten im Süden auch nicht. Nur die Bewohner des Kernlandes der Habsburger und die Tiroler Kaiserjäger und Schützen mochte er.

Diese Türken hatten dichte schwarze Haare, wie kamen die dazu. Er, gottgefällig und den traditionellen christlichen Werten verbunden, musste zu Tricks greifen, um seine Schädeldecke zu bedecken. Auch die Mexikaner mochte er nicht, weil A. ihm angekündigt hatte, sie wolle bald dorthin reisen. Auch die hatten dichte schwarze Haare, vielleicht noch dichtere als die Türken.

Cortés hätte in Mexiko härter durchgreifen müssen, davon war G. überzeugt, diese Heiden hatten sich ja lange geweigert, den wahren Glauben anzunehmen. Es wäre richtig gewesen, dass der Franziskanermönch Diego de Landa in Maní, dem Kulturzentrum der Maya, alle Schriften verbrennen ließ und obendrein noch ein paar Tausend Einheimische.

G. entschloss sich im zweiten Studentenjahr, ein Attentat auf das türkische Konsulat auszuführen. Mit seiner UNIMAT 3 baute er eine kleine Bombe, die aus einem Messingröhrchen mit Boden und einer Öffnung bestand. An der Öffnung brachte G. ein Außengewinde an und fertigte zum Schließen der Öffnung einen Deckel, in den er nun ein Innengewinde schnitt. So konnten Deckel und Röhrchen fest miteinander verschraubt werden. In den Boden bohrte er eine kleine Öffnung, die er für die Zündung der Bombe benötigte. Er füllte nun das Röhrchen mit Salpeter, Waschpulver und Phosphor. Schließlich steckte er in Ermangelung einer Zündschnur einen Sternspritzer, der vom Weihnachtbaum des letzten Jahres übrig geblieben war, in die Bohrung des Röhrchenbodens. Mit diesem Bömbchen bewaffnet, begab sich G. spätabends zum türkischen Konsulat. Dort entdeckte er an der das Konsulat umgebenden Mauer eine Büste Atatürks, dessen rechter Nasenflügel genau jenen Durchmesser hatte, um das Bombenröhrchen ohne Spiel aufnehmen zu können.

G. zündete nun den Sternspritzer, der seinem Namen Ehre machte und dessen Einsatz von einigen Passanten falsch gedeutet wurde, da sie meinten, die Türken würden jetzt auch schon bekehrt sein und den Heiligen Abend feiern. Nur wüssten sie noch nicht, dass der Christenmensch diesen nicht am 17. August feiert.

Die Detonation des Röhrchens überraschte den G. ob ihrer Lautstärke, sprengte dem Atatürk seinen rechten Nasenflügel ab, der mit hoher Geschwindigkeit den zufällig vorbeigehenden Primar der HNO-Klinik traf und dessen linken Nasenflügel abtrennte. Der stark blutende Primar verfolgte seinen Rauhaardackel, der erstaunt und erfreut war, dass er zu dieser Stunde eine kleine Fleischmahlzeit bekam.

Während Rinpoche G. derartigen Erinnerungen nachhängt, verlegt Daphne A. ihre Aktivitäten in die Neue Welt

Sie entschied sich für Yucatán, die Halbinsel im Osten Mexikos, das Land der Maya. In Cancún fand sie ein Hotel, das ihren Ansprüchen genügte. Wäre sie mit G. zusammen gewesen, hätte es mondäner sein müssen, aber als Selbstzahlerin gab sie sich bescheidener. In Cancún fand sie vorerst nicht das, was sie suchte, was ihr half, die Bilder von P. zu verscheuchen. Anders als bei ihren Reisen nach Asien und Nordafrika stellte es sich hier als schwierig heraus, junge, gut aussehende Herren aus dem Hotelpersonal für ihre Zwecke zu akquirieren, obwohl sie bei Anbahnungsgesprächen gekonnt zu verstehen gab, sie gehöre einer höheren Einkommensschicht an, ob es nicht auch für den Señor von Interesse sein könnte, nach Dienstschluss mit ihr in einer lauschigen Bodega ein interessantes Gespräch zu führen. Sicher habe der Señor Interesse zu erfahren, woher sie käme, ob er schon einmal etwas über Austria gehört habe. Er werde überrascht sein, wenn sie ihm erzähle, welche Verbindungen in der Geschichte es zwischen ihrem Heimatland und Mexiko gegeben habe.

Der Erfolg war gleich Null, lediglich der Hausmeister, der auch für den Garten verantwortlich war, zeigte Interesse. Er kam jedoch nicht in Frage, weil dieser vom Tragen schwerer Koffer und vom

Jäten des Unkrauts in gebückter Stellung ruinierte Bandscheiben hatte und sich bar jeglicher Eleganz mühsam dahinschleppte.

P.'s Bilder standen deshalb wieder vor ihren Augen, Tag und Nacht. Natürlich gab es für A.'s Versagen eine Erklärung: Aber wie viele ihrer Artgenossinnen konnte sie die Wirkung ihres Körpers auf ihre Umgebung nicht richtig einschätzen, auch nicht die Art ihrer Fortbewegung, die nun, nachdem sie 115 Kilo wog und dabei nicht übermäßig groß war, an den wiegenden Gang jenes Kamels erinnerte, auf dem sie mit Dulamah durch den warmen Wüstensand Marokkos geritten war und sich der Wärme des Kamels von unten und jener des Dulamah von hinten so gerne erinnerte.

Einsam vertilgte sie noch größere Mengen am Buffet als gewohnt, die scharfen mexikanischen Spezialitäten brannten ihr auf der Zunge wie Feuer, erhitzten ihre Eingeweide, und von dort ausgehend Körper und Psyche, was in einer lodernden Sehnsucht nach einer Umarmung mit P. endete. A. wusste, so konnte es nicht weitergehen. Wieder zu Hause, würde sie in die Hauptstadt fahren, unangemeldet bei P. eindringen und ihn ein letztes Mal bitten, die Beziehung mit ihr wieder aufzunehmen. Sollte P. nicht zustimmen, würde sie ihn töten, dafür würde sie einen subtilen Plan ausarbeiten und für dessen Realisierung keine Kosten scheuen.

A. war also weit entfernt davon, die Lava in ihrem Herzen mit Hilfe exotischer Maya-

Spielgefährten löschen zu können, wen wundert es, dass sie zu anderen Ablenkungen greifen musste. Sie begann sich in die Geschichte der Maya einzulesen, wollte deren Bauwerke besichtigen, die Zeugen einer Hochkultur, die jener der spanischen Eroberer in mehreren Belangen überlegen war. Ihr besonderes Interesse galt den Pyramiden, deren Zustandekommen die Wissenschaft heute noch nicht einheitlich beurteilt. Fasziniert war sie auch von der Göttervielfalt der Maya, die nach Menschenopfern verlangten. A. war wenig angetan vom Angebot des hoteleigenen Touristenbüros, von wo aus die Gäste mit Bussen in die Nähe der Attraktionen gekarrt wurden, dann aber immer noch ein Fußmarsch anstand, der für sie aus gewichtigen Gründen nicht in Frage kam; mit Wehmut dachte sie an Hasan-Imrans Rikscha.

Da kam ihr der Zufall zu Hilfe: Bedingt durch ihre Einsamkeit, begann sie eine Unterhaltung mit ihrem Maya-Zimmermädchen, die sich als Ix Chebel Yax vorstellte, einem Wesen, das sie bei ihren Hotelaufenthalten mit G. völlig ignoriert hatte. A. musste jedoch mit Neid anerkennen, dass Ix Chebel Yax (später erfuhr A., dass sie den Namen der Maya-Göttin trug, die für Malerei und Bilderschrift zuständig war) eine Schönheit mit aristokratischen Gesichtszügen war.

Und wie groß war ihr Erstauen, als Ix Chebel Yax sie auf Spanisch fragte, ob die Dame aus Europa sich vielleicht auf Englisch oder Deutsch mit ihr zu unterhalten wünsche, sie beherrsche beide Sprachen recht gut. Wenn die Dame sich wundere, dass sie hier als Zimmermädchen arbeite, verstünde sie das, sie habe aber triftige Gründe, die mit ihrem Bruder Kukulcán zu tun hätten, der darüber mit der gnädigen Frau gerne einmal sprechen würde, wenn sie das wünsche.

Sie und ihr Bruder stammten aus einem kleinen Dorf in der Nähe von Cobá, dort lebe sie mit ihrem Bruder Kukulcán (benannt nach dem gefiederten Schlangengott), der wie sie ohne Anhang sei und aufgrund seiner Kenntnisse über die Geschichte der Maya überall verehrt und geachtet werde. Dann erzählte sie A. von den Cenotes, den heiligen Brunnen mitten im Dschungel, die von ihren Ahnen neben den Pyramiden als Opferstätten genutzt wurden. Ihr Bruder würde erfreut sein, die Dame aus der europäischen Kleinstadt kennen zu lernen, sie habe ihm schon von ihr erzählt, er würde sie bestimmt zu den interessantesten Bauwerken führen und ihr mehr über die glorreiche Vergangenheit ihrer Ahnen erzählen können als jeder andere in Yucatán.

A. sollte Ixchel, der Erd- und Mondgöttin, geopfert werden

Kukulcán, der Bruder von Ix Chebel Yax, war von den Göttern ausersehen, das Maya-Reich in seiner ganzen Pracht und Größe wiederauferstehen zu lassen. Im Marihuana-Rausch empfing er ihre Befehle, diesen zu folgen war für ihn wichtiger als

116

sein Leben, welches er eines Tages ohnedies den Göttern schenken wollte. Doch zuvor musste seine Aufgabe erfüllt sein. Dafür bedurfte es treuer und einflussreicher Mitstreiter, und vor allem der Hilfe der Götter, die mit Menschenopfern bei Laune gehalten werden mussten. Dabei waren die die Götter anspruchsvoll, nicht jeder hatte den gleichen Geschmack. Lange Zeit hatten sie Freude an der neuen Rasse aus den USA, den Homines culi majores, waren angetan von der Fülle ihrer Körper. Hunabku, die Gottheit über den Göttern, war derer als erster müde, er verlangte nach Edlerem, Camazotz, der Fledermausgott, bestand auf Opfern mit großen Ohren, Ixchel, die Erd- und Mondgöttin, bevorzugte dicke Frauen, wenn sie gerade ihre lesbische Phase hatte, und so fort.

Seine wichtigsten Mitstreiter waren der Polizeipräsident und der oberste Richter von Cancún. Beide entmachteten ihre Stellvertreter regelmäßig, wenn diese zu energische Nachforschungen anstellten, wer die unterhalb der Pyramiden liegenden Toten seien, die alle die gleichen Merkmale aufwiesen, einmal waren sie mausetot, zum anderen hatten sie alle ein zertrümmertes Steißbein, was ursächlich dafür sein konnte, dass sie sich nicht freiwillig den Göttern opferten, zu guter Letzt: es waren alle Weiße, ein Großteil davon gehörte zu den „Culi majores".

Sowohl der oberste Richter wie der Polizeipräsident ordneten die Einstellung der Verfahren an, denn es sei offensichtlich, dass die Götter diese Opfer zu sich holten, außerdem seien es nur Gringos und „Culi majores". Dann noch von gleicher Bedeutung, Gonzales de Majos, der Kukulcáns Vorhaben finanzierte und auch strategische Vorschläge machte. Gonzales verfügte über ausgedehnte Landstriche, auf denen er Marihuana und eine Reihe anderer Drogen anbauen und die Ernte in eigenen hochmodernen Labors und Anlagen zu Suchtmitteln verarbeiten ließ, die dann in genormten Losgrößen über ein erprobtes Distributionsnetz in die USA und Europa abgesetzt wurden, um deren Wehrkraft zu zersetzen. Als diesbezüglich zweite Schiene arbeitete der Modedesigner Pedro Naval eine Strategie aus, die schon bald einen überwältigenden Erfolg zu verzeichnen hatte. Er entwarf hautenge Trikothosen für Damen, die mit und ohne Überrock mehrheitlich von aus den Fugen geratenen gebärfähigen Frauen getragen wurden. Pedro Navals Kalkül war es, dass bei deren Anblick über geraume Zeit zeugungswillige Männer in die unwiderrufliche Impotenz abglitten und dadurch der Nachwuchs der Maya-Feinde dezimiert wurde.

Eine wichtige Rolle für die Zufriedenheit der Götter spielte Ix Chebel Yax, die von ihrem Bruder genaue Spezifikationen erhielt (die dieser wiederum von den Göttern in seinen Träumen empfing), welcher Opfertypus von den jeweiligen Gottheiten gerade gefragt war. Ix Chebel Yax wählte dann unter den Gästen der Hotelanlage die spezifizierte Person aus, brachte sie ihrem Bruder, der diese dann nach

Besichtigung einiger Sehenswürdigkeiten zum Aufstieg auf die oberste Plattform der Pyramide von Tulum bewegte. Nach einer kurzen Einführung über die Notwendigkeit, den Göttern von Weile zu Weile Menschenopfer darzubringen, verwies Kukulcán noch darauf, welche Ehre es sei, den Göttern geopfert zu werden, erklärte dann abschließend noch, für welchen Gott beziehungsweise für welche Göttin er/sie geopfert würde und bat, jetzt mit dem Kopf nach unten in die Tiefe zu springen. Kuculcán wüsste aus Erfahrung: Seiner höflichen Bitte würde man nicht ohne Weiteres Folge leisten, weshalb er mit einem geübten Tritt (Kukulcán hatte den schwarzen Karategürtel) das Steißbein des Opfers zertrümmerte, was gleichzeitig den Sprung des Opfers in die Tiefe einleitete. Das Zertrümmern des Steißbeins hatte bereits seinem Ur-Urahn, der als Priester unter Cocom für die Befriedigung der Götter zuständig war, großen Ruhm eingebracht, weshalb man vermuten durfte, dass dessen Gene an Kukulcán weitergegeben worden waren.

Als Kukulcán ein Knabe war, erkannten die Maya-Weisen bereits, dass er von den Göttern für hohe, ja vielleicht für die höchste Aufgabe auserwählt war, nämlich das Reich der Maya wiederherzustellen und an den weißen Teufeln Rache zu nehmen. Eine Reihe von Sponsoren aus dem Geheimbund „Blut für die Götter" nahmen sich des Knaben an, nachdem seine Eltern unter nie geklärten Umständen ums Leben kamen (man sprach von einem politischen Mord der Großgrundbesitzer), und dieser erfüllte ihre Erwartungen voll und ganz. Schon in der Grundschule brillierte er durch seine Intelligenz, übersprang zwei Klassen, korrigierte mit 10 Jahren seine Lehrer in Mathematik-, Geschichts- und Religionsfragen, war seinen Mitschülern bei sportlichen Wettkämpfen weit voraus, Unams, der damals führende Fußballverein in der Primera División, wurde auf ihn aufmerksam und wollte ihn in seine Akademie aufnehmen.

Am Colegio Alemán, das auch seine Schwester Ix Chebel Yax besucht hatte, überragte er den Nächstgrößeren um Haupteslänge, war der Primus in jeder Klasse und der Schwarm von Müttern und Töchtern. Kukulcán stand aber nicht der Sinn nach erotischen Abenteuern, er wusste, liebevoll betreut von den edelsten der Maya, welchen Weg er zu nehmen hatte. Er studierte an den besten Universitäten des Landes Jus, Geschichte und Religionswissenschaften, nebenbei erwarb er sich noch den schwarzen Gürtel in Karate.

Bei seinem Geschichtsstudium war ein Schwerpunkt die Geschichte des heutigen Kleinstaates, vom Ersten Weltkrieg bis zum Ende des zwanzigsten Jahrhunderts. Die kriegsbegeisterten Habsburger hatten es Kukulcán besonders angetan, und hier wiederum der letzte österreichische Kaiser (Giftgas-Karl), der in Summe für 25 Millionen Tote und Millionen Verletzte mitverantwortlich war. Auch der Zweite Weltkrieg wurde wieder von einem Österreicher, einem zeitweiligen Ehrenbürger auch unserer Provinzstadt, ausgelöst. In der Zeit des Ständestaates ließ ein Winzling auf die eigenen Arbeiter schießen, ein Bundespräsident erinnerte sich an nichts und durfte nicht in die USA einreisen.

Dann verglich Kukulcán das Christentum mit seiner Religion. Dass Abraham seinen Sohn Isaak für Jahwe opfern wollte, fand er gut, damit konnte er sich identifizieren. Die Götter brauchen Blut, sonst funktionieren sie nicht. Für ihn unverständlich aber sei es, weshalb der Gott den Isaak nicht wollte. Bis zu Isaak habe man ja regelmäßig an Jahwe geopfert (er wisse immer noch nicht, ob der Jahwe der Gott Vater sei, also der Vater des Menschensohnes, und ob der Heilige Geist vielleicht der Onkel des Menschensohns sei). Er könne nur mutmaßen, dass der Isaak nicht den Vorgaben von Jahwe entsprach. Dieser Jahwe hatte es ja ohnedies in sich, tötete alles Erstgeborene von den Ägyptern: Kinder, Frauen, Männer, Ziegen, Schafe, vielleicht sogar noch Hühner, Hähne, Küken, Meerschweinchen und Haushasen. Dagegen nähmen sich sogar Spitzenterroristen harmlos aus.

Da waren auch seine Götter kritisch eingestellt, Hunabku, die höchste Schöpfergottheit des Kosmos, so ist es überliefert, habe einmal einen Opferwilligen zurückgeschickt, weil er hässlich war. Der musste dann mit der Schmach leben, seine ganze Familie war geächtet, zahlreiche Selbstmorde waren die Folge.

Im Gegensatz dazu war Kukulcáns Familie hoch geachtet gewesen, und das nicht nur, weil aus ihr viele Opferpriester hervorgingen, sondern auch deshalb, weil einer von Kukulcán's Vorfahren, Yum Kaax, benannt nach dem Gott der ungezähmten Natur, der schönste Maya, der je gelebt hatte, ein Liebling besonders von Hunahpú, dem Sonnengott, und Ixchel war. Er stürzte sich mit Freude und während des Fluges singend von der obersten Plattform der Pyramide von Tulum in die Tiefe.

Der gesamte Maya-Adel war zugegen, und der als Gast geladene Azteke Moctezuma sah göttlich aus mit seiner Federkrone, alle waren zutiefst beeindruckt, und die Götter hatten ihre Freude, weshalb die Maisernte für viele Jahre gut verlief. Moctezuma gestand seinen Gastgebern, kein Azteke wäre dem Yum Kaax gleich, und er fürchte sich vor zahlreichen schlechten Maisernten.

Was Kukulcán nicht gut fand, weil total übertrieben, dass die aus der jüdischen Religion entstandenen Christen (eigentlich jüdische Häretiker), und dabei besonders die Katholiken, Blutopfer in unglaublicher Menge brachten. Deren Götter müssen darin ertrunken sein, deshalb haben die sich auch nie mehr gerührt, wenn sie um Hilfe gebeten wurden. Geopfert wurden in Glaubenskriegen an die 35 Millionen, die heilige Inquisition produzierte an die 100.000, bei den Weltkriegen bekamen die Götter noch an 80 Millionen, man könnte da noch Zahlen um Zahlen hinzufügen. Völlig unverständlich für

Kukulcán war es, dass man 130.000 Hexen verbrannte, das waren die schönsten Frauen damals, damit ging viel exquisites Erbgut zugrunde, man könne das bei Europäern, aber besonders bei den Amerikanern deutlich sehen.

Auch müssen die christlichen Götter Zuordnungsschwierigkeiten in Hinblick auf die Opfer gehabt haben, weil die Waffen, mit denen die Götteropfer getötet wurden, von den katholischen Priestern gesegnet wurden: Die französischen segneten gegen die deutschen, die italienischen gegen die österreichischen, die österreichischen gegen die italienischen, die ungarischen gegen die rumänischen, die polnischen gegen die russischen. Welchem Gott gehörten nun die jeweiligen Opfer, wie sollten die sich da noch ausgekannt haben?

Als A. von Ix Chebel Yax ihrem Bruder vorgestellt wurde, war sie von dessen Erscheinung begeistert, und automatisch brachte sie das Goldband ihrer Breitling Bentley Uhr zum Klirren, spielte mit ihrer Brosche von Fopoe Gioielli, bemerkte aber bald, dass Kukulcán damit nicht zu beeindrucken war: Er verfügte über eine Aura, die respekteinflößend war.

Kukulcán musterte A. zufrieden, sie war genau das, was sich die Göttin Ixchel in ihrer lesbischen Phase wünschte, da liebte sie weich gepolsterte Frauen; mit A. würde sie zufrieden sein. Kukulcán teilte ihr ohne Umschweife mit, das sei heute ein großer Tag, denn sie sei von Ixchel als Gespielin ausgewählt worden. Er, Kukulcán, werde sie ein

Stück des Weges zuerst geradeaus, dann nach oben begleiten. Ob sie schon Erfahrungen mit Damen gemacht habe, wenn nein, spiele das keine Rolle, sie werde von Ixchel eine liebevolle Schulung erhalten. Nun bekomme sie von ihm einen Pulque-Saft mit Schaum aus Kokain und Agavensirup, was ihre Freude noch steigern werde.

A., die keineswegs dumm war, spürte, dass es für sie eng wurde, bemerkte dies an Schüben Adrenalins, das überreichlich über die Nebennieren ausgeschüttet wurde, und der Tatsache, dass P.'s Bilder flugs verschwanden. Ihr Gehirn begann fieberhaft zu arbeiten und fabrizierte im Rekordtempo ein Angebot, das Kukulcán nicht würde ausschlagen können. Sie war nun voll konzentriert, bedankte sich bei Bruder und Schwester für die große Ehre, als Gespielin für Ixchel auserwählt worden zu sein. Sie habe sich immer schon gewünscht, auch mit Frauen intime Beziehungen zu erfahren, und mit einer Göttin solche zu erleben, wäre für sie von besonderem Reiz.

Dennoch glaube sie, dass den Maya-Göttern einer von zwei ihrer Bekannten um ein Vielfaches mehr Freude bereiten würde als ihre nicht so bedeutende Person. Wobei einer von beiden, das nehme sie vorweg, Ixchel völlig neue Spielvarianten beibringen könne, wenn ihre lesbische Phase in die heterosexuelle hinübergleite, denn er, sein Name laute übrigens P., sei im Kleinstaat auf diesem Gebiet unerreicht. P. könne auf eine lange Tradition hochbegabter Vorfahren zurückblicken, dabei sei er schön wie Kukulcán's und Ix Chebel Yax' Vorfahr Yum Kaax. Das sei eine völlig andere Qualität als die Gringos mit ihren überdimensionierten Gesäßen und reduzierter Auffassungsgabe. Um P. würden sich die Götter reißen, natürlich sei er Akademiker, habe die besten Verbindungen zu einflussreichen Personen, so auch zum Direktor des Weltmuseums in Wien, wo bekanntermaßen Moctezumas Federkrone widerrechtlich ausgestellt sei. Wie Kukulcán als Historiker natürlich wisse, ist ein Habsburger für den Raub verantwortlich, den die Götter der Azteken dann ja umgehend bestraften, indem Benito Juárez ihn an die Wand stellen und erschießen ließ.

Moctezuma sei zwar Azteke, aber im Sinne einer guten bilateralen Zusammenarbeit wäre für es für Kukulcáns gesamt-mexikanisches Image wohl von großer Bedeutung, brächte er dieses unersetzliche Kulturgut in seine Heimat zurück. Er, Diego, und seine Schwester wären bis ans Ende aller Tage die Helden von Yucatán, ja von ganz Mexiko. Diese Möglichkeit könne sie, A., den beiden bieten. Das sei aber noch nicht alles: Sie verfüge über eine Villa am weltbekannten Buchensee, der einen Steinwurf weit weg von einer einhundert Meter hohen Felswand entfernt sei und sich ideal für Opfer an die Götter eigne.

Alternativ zu P. könne sie noch einen sehr lustigen Juristen aus dem Kleinstaat anbieten, an dem besonders der Fledermausgott Camazotz seine

Freude haben würde, denn er habe Ohren wie eine Fledermaus und die lustigste Frisur, die man sich nur denken könne. Auch er sei Akademiker, allerdings nur Jurist, das müsse sie zugeben. Die Götter würden sich vor Lachen biegen über ihn, er heiße übrigens G. Man müsse sehen, welchen man den Göttern schenke, das könne man ja kurzfristig entscheiden. Sie gehe davon aus, dass Kukulcán ihr Angebot annehme, sie sich vorstellen könne, dass die Götter ihm sogar zürnten, beraube er sie eines solchen Vergnügens, und auch die Azteken-Götter würden Kukulcán wohlgesinnt sein, brächte er Moctezumas Federkrone zurück.

Sie könnte Ende der Woche einen Flug für sie drei disponieren, wahrscheinlich fliege man über Frankfurt nach München und Wien, und von dort zur Provinzstadt. Man werde sie mit dem Auto abholen und an den Buchensee bringen. Dort sei jetzt Winter mit herrlich weißem Schnee, das böte eine schöne Abwechslung für sie beide. Kukulcán und Schwester seien ihre Gäste, so lange sie möchten, beziehungsweise bis ihre Aufgaben erfüllt seien.

Während des Fluges, da habe man genügend Zeit, bitte sie Kukulcán, sie zu belehren, was das von ihr ausgewählte Opfer bei den Göttern erwarte: ob alle Götter und Göttinnen wie eine große Familie zusammenlebten. Wie sie ihre Opfer verwöhnten, ob sie mit ihnen „pitzi" spielten (das legendäre Ballspiel der Maya), natürlich nicht auf Leben und Tod, denn man wäre ja schon im Jenseits. Ob es dort Tennisplätze gebe, ihr Opfer sei es gewohnt, im Winter Schi zu fahren, gebe es dort vielleicht sogar Schilifte oder eine Sprungschanze?

Nach kurzem Zögern war Kukulcán mit A.'s Vorschlag einverstanden. Er bringe ihr allergrößte Hochachtung entgegen, verzichte sie doch darauf, Ixchels Gespielin zu werden; ein Sterblicher könne sich gar nicht vorstellen, welche Wonne sie dort erwartet hätte. Nun, er freue sich, P. oder G. kennen zu lernen. Wenn beide so wären wie beschrieben, bereite man den Göttern eine große Freude, und er, Kukulcán, verhehle nicht, dass diese ihn dafür noch auf Erden reichlich belohnen würden.

Kukulcán und Ix Chebel Yax waren vom Buchensee und der ganzen Landschaft rundherum begeistert. So richtig euphorisch wurde Kukulcán aber erst, als A. ihm die Adlerhorstwand zeigte (sicherheitshalber von ihrem Ruderboot aus, und nicht von oben). Bei deren Anblick lies Kukulcán seinen Gefühlen freien Lauf, mit Tränen in den Augen versicherte er A., dass er mit Ausnahme der Kukulcán-Pyramide noch nie eine schönere Absprungplattform gesehen habe, selbst die Pyramiden seiner Vorfahren kämen da nicht mit.

Einzig beunruhige es ihn, dass sein Opfer ungeopfert in den See tauchen könnte und so der Freuden im Jenseits verlustig würde. A. verwies daraufhin auf eine Stelle im See, wo das Wasser nur etwa einen Meter tief sei, dort müsse das Opfer landen.

Kukulcán werde diese Stelle an der hellen Färbung des Wassers leicht erkennen, denn im Gegensatz zu dieser sei das Wasser rundherum tiefschwarz.

A.'s Plan, ob sie P. oder G. dem Kukulcán als Götteropfer anbieten werde, war solide durchdacht: Würde P. bereit sein, eine dauerhafte Beziehung mit regelmäßigen Wiederholungen der Nächte der Nächte einzugehen, dann würde G. dem Fledermausgott geopfert werden. Wenn nicht, würde Hunabku seine Freude am schönsten aller Männer des Kleinstaates haben. Sie würde unangemeldet bei P. erscheinen, ein klärendes Gespräch erzwingen, und dann entscheiden, wie sie vorzugehen hatte. Bei dem Gedanken, sie könne mit P. wieder von einem Gipfel der Lust zum anderen rasen, lief wie ein Film vor ihr ab.

Am Tag vor ihrer Abreise zu P. präsentierte A. sich als gut gelaunte Gastgeberin. Zeigte ihren Gästen die Provinzstadt, gab die eine oder andere Schnurre zum Besten. Neben all den Sehenswürdigkeiten vergaß sie auch das Café Toscanini nicht, das sie als das älteste des Landes beschrieb, begab sich abschließend in das Zillnerbräu, nachdem Kukulcán ihr mitgeteilt hatte, dass sein Lieblingsgetränk zwar Mate sei, er aber auch ein Faible für gutes Bier habe. Von der architektonischen Schönheit der Altstadt waren Bruder und Schwester überrascht, außer sich geriet Kukulcán jedoch, als er die Trutzburg am Stadtberg sah: was böte sie doch für eine Absprungplattform für Götteropfer, nicht schlechter als die Pyramide von Tulum.

Verwundert zeigte sich Kukulcán über die Kleidung in der Provinzstadt: Empfand er die Dirndln der Damen als charmant und interessant, wobei ihm nicht entging, dass ältere Semester ihre Brüste rücksichtslos nach oben zwangen und dort festzurrten, und was die Tiefe des Ausschnitts betraf, mit den jungen Damen wetteiferten, verblüfften ihn die kurzen Höschen der Herren, die aus Leder waren und an deren rechter Seite in einer Hülse ein Messer mit Horngriff steckte. Sie erklärte ihm bereitwillig, dass es sich bei den kurzen Hosen um eine Traditionskleidung handle. Sie aber zugeben müsse, dass manche Herren mit ihren dünnen, krummen und altersbleichen Beinen kein schönes Bild abgäben.

Ix Chebel Yax war entsetzt über die unzähligen Bettler; alle dreißig Meter ging, stand, kniete oder lag eine erbarmungswürdige Person, die mit dünnen Ärmchen und einem Pappbecher in der Hand um ein Almosen bat. Sie erklärte Ix Chebel Yax, dass es im Gegensatz zu anderen Städten wie Wien und München in der Provinzstadt nicht möglich sei, das organisierte Betteln zu unterbinden. Das läge daran, dass die Provinzstadt die dümmsten Politiker des Landes habe, mehrere Parteien regierten, die der anderen keinen Erfolg gönnten und nur beflissen waren, ihre Bezüge nach den Wahlen wiederzubekommen.

Die für das Bettelverbot zuständige Vizebürger-
meisterin hatte ein weiches Herz für die Sinti und
Roma aus Rumänien, die hierarchisch stramm
durchorganisiert waren. So gab sie einen Ehrenko-
dex in Form einer Broschüre mit Bildern und Text in
mehreren Sprachen heraus, den weder Sinti noch
Roma verstanden, weil des Lesens unkundig, und
die Bilder als Anregung für neue Bettlertechniken
verstanden. Dieses Werk wurde von der sozialisti-
schen Fraktion der Stadtregierung als innovative
Großtat gefeiert. Man belohnte sich mit einem rau-
schenden Fest, bei dem es Kaviar und Rotwein aus
Rumänien gab, Gänse und Enten aus Ostungarn
wurden gegrillt, den Nachtisch steuerte das bulgari-
sche Konsulat aus den Mitteln des EU-Fonds für die
ländliche Entwicklung bei.

Es gab in der Provinzstadt nur zwei frei zugäng-
liche Höfe, die gänzlich von Bettlern frei waren und
dem reichsten Kloster Mitteleuropas gehörten. Was
der Stadtpolizei nicht gelang, schafften die Patres
ohne Mühe: Josip Romane aus einer Romasiedlung
in Valea Hartibaciului wurde vom Abt des Klosters
kniend, mit einem Pappbecher in der ausgestreckten
Hand, erspäht. Ein kurzer Disput zwischen ihm und
dem Sinti ergab keine Übereinstimmung, weshalb
der Abt, der während seines Studiums in Padua
dem dortigen Boxklub angehört hatte und Vereins-
meister im Weltergewicht gewesen war, dem Josip
mit einer rechten Geraden das Jochbein brach, und
jener dies als Argument für seine Verbannung aus
der klösterlichen Umgebung zur Kenntnis nahm.

Ein letztes Mal wagte sich ein Kollege von Josip in den Klosterhof. Dieses Mal trat der Pater Verwalter (203 cm, 130 Kilo) in Aktion. Ein ungleicher Zweikampf endete klar zugunsten des Paters, der sich einfach auf den Roma legte, bis dessen Gesicht von einem gesunden Braunton ins Bläuliche wechselte und in den Lungenflügeln sich nur noch Reste von Sauerstoff befanden und dieser nach Luft hechelte. Mit einer gebrochenen Rippe und mit beiden Händen dort Halt suchend, wo sich der Verwalter mit einem lustvoll-knorrigen Griff für den Sieg belohnte, schlich der arme Teufel davon. Von Stund an wurden die Patres nicht mehr in ihrer Kontemplation durch Kreaturen gestört, die sie als abstoßend empfanden.

Im Zillnerbräu ließ sich Kukulcán das klösterliche Bier mit seiner besonderen Geschmacksnote munden, und nach der vierten Maß redete er offen über seine Eindrücke.

Ob A. ihm zustimme, dass er und Ix Chebel Yax sich in Gestalt und Aussehen gänzlich von den Biertrinkern hier im Garten unterschieden? Kein Wunder, dass ihn alle angafften, und ohne Zweifel versuchten manche Damen einen Blick von ihm zu erhaschen. Es wundere ihn nicht, denn die meisten Herren verfügten hier über riesige Bäuche und runde Gesichter wie Kürbisse. Solche Köpfe habe er in anderen Ländern nie gesehen, schon gar nicht in Mexiko.

A., die zwei Schweinshaxen mit Sauerkraut und drei Semmelknödel vertilgt hatte, und somit bestens gelaunt war, gab nun eine Schnurre zum Besten, die sich wie folgt zugetragen haben soll: An einem kalten Novemberabend des Vorjahres gerieten im riesengroßen Biersaal 1, wo schon Adolf von Braunau Reden gehalten hatte, zwei Meinungslager gefährlich aneinander. Das eine Lager vertrat die Auffassung, die Stadtverwaltung der Provinzstadt sei die dümmste des Kleinstaates, das andere Lager vertrat nicht weniger vehement die Meinung, dass dies falsch sei. Nämlich, sie sei nicht nur die dümmste des Kleinstaates, vielmehr von ganz Europa.

Die Kräftigsten hatten bereits begannen, die Stuhlbeine von ihren Sitzen abzuschrauben, und befriedigt stellten sie fest, dass diese aus massiver Eiche waren und sich somit für brachiale Argumente bestens eigneten. Beide Lager standen sich schon kampfbereit gegenüber (auf die Einwände eines zölibatsfetten Prälaten mit bläulich-rotem Alkoholteint achtete niemand; den wild fuchtelnden Geschäftsführer von filigraner Gestalt und ohne runden Kopf, weil aus dem Norden Deutschlands stammend, katapultierte man mit einem Schubs hinter den Tresen), da übernahm ein studierter Altgrieche von der heimischen Universität das Kommando und schlug vor, dass man, ähnlich wie bei Sokrates, mit schwarzen und weißen Steinen abstimmen sollte, welche Partei Recht habe. Das Ergebnis sei zu respektieren, man sei doch kultiviert und demokratisch. Ungern zwar, weil schon auf Prügel eingestellt, aber doch mit einem gewissen Stolz, bei einer akademisch-antiken Angelegenheit dabei zu sein, waren beide Lager einverstanden. Man schickte die sieben Kellner zum Steine sammeln, trank bis zu deren Eintreffen noch zwei oder drei Maß und trat dann zur Abstimmung an. Eine knappe Mehrheit der weißen Steine machte das Lager „Dümmste des Kleinstaates" zum Sieger, die Europäer waren geschlagen!

Als die Stadtverwaltung von dem Ergebnis im Zillnerbräu erfuhr, lagen sich Bürgermeister, Stadträte und Opposition weinend vor Freude in den Armen: Endlich kam vom Volk die verdiente Wertschätzung. Sie waren nicht die Dümmsten in Europa. Welch eine Freude! Welch ein Sieg!

A. reiste gut vorbereitet mit dem Railjet nach Wien, fand P.'s Penthauswohnung im ersten Wiener Gemeindebezirk ohne Mühe und betätigte (vor Aufregung nahe einem Herzrasen) die Klingel, die nicht läutete, sondern die ersten Takte der „Kleinen Nachtmusik" zu Gehör brachte. P., angetan mit einem rohseidenen Morgenmantel und mit zerzaustem Haar, sah, obwohl in die Jahre gekommen, noch faszinierender aus, als A. ihn in Erinnerung hatte. Er habe der Agentur doch gesagt, dass er erst morgen Zeit habe, die neue Putzfrau einzuführen, und er könne sich nicht vorstellen, dass sie bei diesem Übergewicht die Leistung erbringen könne, die er erwarte. Ob sie aus Rumänien käme, dann könne sie gleich wieder gehen, er verfüge über Wertgegenstände, die er gerne behalten wolle.

Für A. brach eine Welt zusammen! Vor Wut schnaubend gab sie sich zu erkennen und betrat ohne Aufforderung die Garderobe und dann das Wohnzimmer, wo sie sich in ein weich gepolstertes Fauteuil fallen ließ. P. erinnere sich vage an sie; da sei doch etwas am Buchensee gewesen, aber etwas habe ihn dort gestört, er werde sich schon noch daran erinnern. Plötzlich tauchte wie aus dem Nichts eine blutjunge splitternackte Eurasierin auf, die sich ohne Hemmung zu den beiden setzte und P. fragte, ob A. seine Tante sei. P. erklärte, die Dame sei natürlich nicht mit ihm verwandt, das schließe doch schon ein optischer Vergleich mit ihm aus, und fügte dann scherzhaft hinzu, mit den Jahren habe sie sich unübersehbar von einer A. einer X-large-A. entwickelt. Dazu bemerkte die exotische Schöne, sich lachend auf die nackten Schenkel klopfend, bei Standard and Poor's bekäme die Dame problemlos das Triple AAA verliehen. Im Übrigen sei sie von Ulla und Sonja geschickt worden, er möge das begonnene Spiel, das allen so gefallen habe, fortsetzen.

A. war erstaunt über sich, ja sogar stolz, denn jetzt war sie vollkommen beherrscht und hatte nur noch ein Ziel vor Augen: Rache! Kukulcán musste P. via Adlerhorstwand zu den Göttern schicken. Ob sich P. noch an den 1960er Ferrari 250 SWB Competizione erinnern könne, von dem sie ihm am Münstersee erzählt habe. Der Wagen stehe fahrbereit in der Garage ihrer Villa. Ob P. wisse, dass dieses Modell zu den teuersten Oldtimers weltweit gehöre, Experten schätzten ihn auf mehr als eine Millionen

Euro. Den werde sie ihm schenken, wenn er ein Wochenende mit ihr in ihrer Villa am Buchensee verbringen würde. Er wisse, was da alles dazugehöre, was er zu erbringen habe. Dort träfe er auch auf ein Geschwisterpaar, Bruder und Schwester, aus Yucatán, edelster Maya-Adel. Die junge Dame sei von vollkommener Schönheit und begeistere darüber hinaus durch ihren Liebreiz. Dagegen nehme sich die Nackte hier wie eine billige Hure im Prater aus.

Dem Köder, den die A. für P. gelegt hatte, konnte er nicht widerstehen. Nach drei Tagen schon reiste er mit Chauffeur an, denn er beabsichtigte, so schnell wie möglich mit dem Ferrari abzureisen. Eine Nacht Schwerstarbeit wartete auf ihn, mit Hilfe von Chemie und dem Ferrari vor dem geistigen Auge würde er es schaffen. Die Belohnung dafür würde exorbitant sein: der Ferrari war nicht eine, sondern mehrere Millionen Euro wert, so weit hatte er sich informieren können.

Als er Ix Chebel Yax sah, traf ihn ihr Anblick wie ein Keulenschlag: Noch nie hatte er ein schöneres Wesen gesehen, ihr Liebreiz nahm ihn gefangen. Mit ihr würden sich seine amourösen Gelüste nach anderen Frauen in Nichts auflösen. Mit Erstaunen spürte er edles Empfinden in sich wachsen und erlebte zum ersten Mal in seinem Leben das Gefühl der Liebe. Wenn die Arbeit hier getan war, würde er all seine Mittel und Erfahrung einsetzen, um Ix Chebel Yax für sich zu gewinnen. Sie war, so schien es ihm, durchaus mehr als höflich zu ihm und musterte ihn mit Wohlwollen. Etwas kryptisch empfand er ihre Äußerung: Im Sinne ihrer Götter freue sie sich außerordentlich über seine Bekanntschaft.

Auch Kukulcán zeigte offen sein Interesse, ja seine Wertschätzung für P., der sich aufrichtig freute, als Kukulcán zu ihm sagte, er sei ein Geschenk der Götter für die Götter. Um wie viel blumiger und herzlicher als hierzulande drückten die Geschwister ihre Gefühle aus, so schien es P. Ob er bereit sei, morgen nach dem Frühstück mit ihm eine kleine Wanderung zu unternehmen, es warte dabei eine Überraschung auf ihn, die sein Leben verändern werde, er werde in einen See von Glückseligkeit fallen und mental mit Ix Chebel Yax und ihm für immer verbunden sein.

Die Nacht mit A. verlief um vieles besser als von P. befürchtet. Der Grund dafür war Ix Chebel Yax, die in seiner Vorstellung an Stelle der A. sich in Lustschreien erging und ihn zu Leistungen anspornte, die sich nicht von jenen am Münstersee unterschieden. – Nach dem Frühstück nahm das Verhängnis für P. seinen Lauf: Ohne äußere Regung und kalt wie Eis genoss A. ihren Racheplan, mit ihr war nicht zu spaßen.

Man werde wohl noch ein gemeinsames Mahl einnehmen, bevor er mit dem Ferrari nach Wien fahre. Er wolle zuvor noch mit Ix Chebel Yax sprechen, denn, wie Kukulcán offensichtlich für ihn, so habe er auch eine Überraschung für Ix Chebel Yax.

P. möge doch noch den Direktor des Weltmuseums in Wien anrufen und eine Spezialführung für Kukulcán und Ix Chebel Yax vereinbaren, denn, wie P. sich vorstellen könne, wären beide begierig, Moctezumas Federkrone zu sehen. Am besten mache er das gleich, er sei ja mit dem Direktor eng befreundet und könne so auch Ix Chebel Yax zeigen, wie er als Manager solche Dinge im Handumdrehen erledige. Mühelos erreichte P. über sein Handy den Direktor, der allerdings in Guinea nach von den Menschenfressern abgeschlagenen Schrumpfköpfen suchte. Die geschätzten Maya-Geschwister mögen sich an den für diesen Bereich zuständigen Wärter Irrsiegler wenden, den er entsprechend instruieren werde. Die Geschwister würden in seinem Hause jederzeit willkommen sein.

Nach dem Frühstück nun an der Adlerhorstwand angekommen, machte Kukulcán an der markierten Stelle halt und informierte P., Hunabku, die höchste Schöpfergottheit des Kosmos, warte bereits auf ihn und sei von seiner maskulinen Schönheit begeistert. Mit ihm werde P. bis in alle Ewigkeit die Freuden der Götterwelt genießen, dagegen seien die Genüsse auf Erden öde und schal. Er solle nun springen, Ix Chebel Yax und ihn werde er bei den Göttern wiedersehen, allerdings werde noch einige Zeit vergehen. P. teilte Kukulcán mit, er denke nicht daran zu springen, ob er den Verstand verloren habe. Ein wuchtiger Tritt auf das Steißbein beendete die Unterhaltung, und P. landete zielgenau am hellen Fleck im dunklen See.

Die Obduktion ergab, Fremdeinwirkung wie Selbstmord könnten ausgeschlossen werden (rätselhaft war lediglich das zerschmetterte Steißbein, weil P. ja über einen Kopfsprung zu Hunabku gelangt war). Die Zeitungen widmeten dem Verblichenen Seiten im Feuilleton, der ORF brachte eine Sondersendung, allerdings zu später Stunde. Man war sich einig: Durch einen tragischen Kletterunfall sei der weit über die Grenzen des Kleinstaates hinaus beliebte und geschätzte Spitzenmanager ums Leben gekommen. P. habe sich unter anderem unvergessliche Verdienste in der rhetorischen Ausbildung junger Kleriker erworben. Der Abt eines großen Klosters im Osten des Kleinstaates sprach von der Kanzel aus zu den Gläubigen, P. sei ein beispielhafter Katholik gewesen, und er habe ihn geliebt wie einen Sohn. In Joschis Bordell, an dem P. zu 50% beteiligt war, floss der Champagner: Joschi war nun wieder alleiniger Eigner des Etablissements, und die Damen waren nicht mehr zu Gratisleistungen für P. verpflichtet.

P. erhielt ein Ehrengrab in der Hauptstadt, beim Begräbnis war die Prominenz aus Politik, Wirtschaft und Klerus zugegen sowie drei auffallend attraktive Damen (blond-, rot- und schwarzhaarig), die Anlass zur Verwirrung gaben, denn alle drei behaupteten, sie seien mit dem Verblichenen verheiratet. Der plötzliche Tod ihres Gatten habe sie sehr verwundert, denn die eine habe von ihm erfahren, er überlege mit dem Papst in Rom, wie man gegen Kinderschänder in den eigenen Reihen vorzugehen habe, die zweite erfuhr von ihm, er berate mit Barack Obama, wie der ohne Gesichtsverlust Guantánamo nicht zuzusperren brauche, die Dritte informierte P. via SMS unter dem Siegel der Verschwiegenheit, er kämpfe in Syrien gegen den IS.

Raub von Moctezumas Federkrone

Kukulcán und Ix Chebel Yax teilten der A. mit, sie würden morgen nach Wien fahren und nach entsprechender Vorbereitung Moctezumas Federkrone aus dem Völkerkundlichen Museum in ihren Besitz bringen und mit nach Mexiko nehmen. Es sei eine Schande, dass der Kleinstaat nicht den Charakter besitze, von sich aus dieses wertvolle Exponat aus der Geschichte Mexikos zu refundieren. Man sei der A. sehr gewogen, bedanke sich herzlich für die Gastfreundschaft und den P. Sie möge für Mittwoch den Rückflug von Wien nach Yucatán disponieren; die Tickets würden sie am Schalter abholen, A. möge sie über Details via SMS informieren. Und, dass man es nicht vergesse, sollte A. je den Wunsch haben, mit Ixchel alle Wonnen des Jenseits zu genießen, würde man ihr behilflich sein. Das sei man ihr schuldig.

Wie von P. via Direktor des Völkerkundlichen Museums organisiert, wurden sie von Wärter Irrsiegler freundlichst empfangen und umgehend zur Vitrine geführt, wo Moctezumas Federkrone gut gesichert zu sehen war. Für die Geschwister war es ein großer Augenblick:

Kukulcán konnte seine Rührung nur mühsam verbergen, Ix Chebel Yax aber brach in Tränen aus. Und, zur Überraschung der Geschwister, war auch dem Irrsiegler ein Anflug von Rührung anzumerken. Er schäme sich für den Kleinstaat, weil er nicht bereit sei, die Federkrone den rechtmäßigen Eigentümern zurückzugeben.

Schon nach zwei Tagen entwickelte sich zwischen Irrsiegler und den Geschwistern eine Zuneigung, die ungewöhnlich, aufgrund Irrsieglers Vita aber verständlich war. Irrsiegler stammte aus Waidhofen an der Thaya im Waldviertel und bezeichnete sich, obwohl weder Maturant noch Student, als 68er. So machte er sich in seiner kleinen Heimatstadt unbeliebt, als er während der Fronleichnamsprozession in einer Art Gegendemo „Ho, Ho, Ho Chi Minh" skandierte und als alternatives Gebetsbuch die Mao-Bibel schwenkte. Er war 1962 bei den Schwabinger Krawallen Arm in Arm mit dem damals noch harmlosen Andreas Baader dabei. Später suchte er die Nähe von Rudi Dutschke, den er bewunderte, und den er verwunderte, als er sich als Irrsiegler aus dem Waldviertel vorstellte.

Irrsiegler war nach wie vor politisch linkslastig und deshalb Idealist, weshalb er den Geschwistern seine Hilfeleistung beim Raub der Federkrone zusicherte. Sie mögen sich kurz bevor er zum Ende der Besuchszeit den Saal mit der Federkrone versperren würde, in den Toiletten verstecken, dann hätten sie die ganze Nacht Zeit, ihr Vorhaben zu vollenden. Die Alarmanlage zur Vitrine würde er ausschalten, eine Strickleiter fänden sie im Wasserkasten der Damentoilette, das Fenster zur Flucht sei ungesichert. Es sei ihm ein Bedürfnis, der Gerechtigkeit zum Sieg zu verhelfen; er fühle sich wie 1968.

Gegen Mitternacht zertrümmerten die Geschwister die Vitrine und nahmen die Federkrone an sich. Unnötig hastig bewegten sie sich in Richtung Fenster, verhedderten sich in der Strickleiter, rollten wie auf Kugellagern über die von Ix Chebel Yax mitgeführten und entwichenen Mozartkugeln, landeten in einem Schaukasten von Mongolenschädeln aus der Dschingis Khan-Zeit, was einen ohrenbetäubenden Alarm auslöste. Dank Irrsiegler, ungesichertem Fenster und Strickleiter gelang die Flucht. Der herbeieilende Wachdienst und eine Hundertschaft Polizisten fanden Moctezumas Federkrone unter einem Gemisch von Mozartkugeln und Mongolenschädeln.

Um seinen Seelenfrieden wieder-zufinden, hat Rinpoche G. einen guten Einfall

Nachdem A. nicht mehr zu befürchten brauchte, dass P.'s Bilder sie überall hin verfolgten, konnte sie sich wieder dem G. zuwenden. Er solle endlich mit dem Bentley aufkreuzen! Das hörte er bei jeder Gelegenheit. Was denn los sei, er habe derzeit ja gar kein Auto, das könne es doch nicht sein. Sie sei vor ihren Bekannten ja blamiert bis in die Knochen; überall habe sie erzählt, dass man schauen werde, mit welchem Wagen sie aufkreuze. Ein Mercedes sei dagegen gar nichts, habe sie denen gesagt. Drei Wochen gebe sie ihm noch, dann spiele eine andere Musik, das könne er glauben, er kenne sie ja gut genug.

So von A. unter Druck gesetzt und mit Forderungen von Finanzamt und Banken konfrontiert, keimte ein wilder Hass in ihm auf, und er beschloss, sich der A. zu entledigen.

Mit überraschender Zielstrebigkeit und Kreativität gelang ihm ein Plan, wie ihn die Borgias nicht besser hätten ersinnen können. Er würde Brutus, A.'s geliebten Ara, zum Mörderchen machen. A. hatte ihrem Cäsar beigebracht, dass er, wenn sie nach der Schule abends nach Hause kam und das Türchen zur Voliere öffnete, auf ihre rechte Schulter flog und mit seiner linken oberen Klaue sanft über die Backe streichelte und dabei krächzte: „ Aha, die A. ist wieder da".

G.'s Plan sah nun vor, Cäsars oberer linker Kralle ein Nädelchen anzuheften, das ein wenig über die Krallenspitze hinausragen sollte. Die Nadelspitze würde mit Batrachotoxin, einem der tödlichsten Gifte, die wir kennen, behaftet sein und so in A.'s Wange eindringen. Die fast sofort eintretende Konsequenz der Vergiftung ist Atemlähmung und Herzstillstand. Ein Gegenmittel ist nicht bekannt.

Das Gift wird vom Zweifärbigen Blattsteiger (Phyllobates bicolor) abgegeben. Für die Vergiftung der Pfeilspitzen werden diese bunten oder gelben Fröschchen von den Amazonas-Indianern auf einen Holzspieß gesteckt und die Pfeilspitzen an der Haut gerieben. Durch diesen für den Frosch schmerzhaften Vorgang kommt es zu einer Absonderung des besagten Giftes. G. besorgte sich in der Münchner Tierhandlung „Amazonas" einen bunten Phyllobates bicolor und Handschuhe aus Polypropylen. Er sei Professor an der Vetmed-Uni in München und benötige für Versuche mit den Studenten das Fröschchen. Sicher ist sicher, G. war angetan von seiner kriminellen Intelligenz, von der er bis dato nichts wusste. Er hatte die falsche Berufswahl getroffen! Zuhause in der Provinzstadt tat er genau das, was die Indianer mit den Fröschchen machen. Immer wieder rieb er die Nadelspitze an der Haut des gepeinigten Fröschchens, brannte Lage um Lage des Giftes ein, bis er sicher sein konnte: er hatte die tödliche Waffe.

Nun informierte er die A., er wolle heute Abend mit ihr über die Sonderausstattung des Bentley sprechen, kleine Änderungen seien noch möglich, die Lieferung sei in 14 Tagen zu erwarten. Er werde in ihrer Wohnung auf sie warten. Dort angekommen, gab er Brutus eine besonders große Ananas, mit der er sich geraume Zeit beschäftigen und so abgelenkt sein würde. Geschickt, trotz der Handschuhe aus Polypropylen, fixierte er das Nädelchen mit durchsichtigem Klebeband genau so, dass es einen halben Millimeter der linken oberen Klaue hinausragte.

Als die A. kurze Zeit später nach Hause kam, saß G. völlig entspannt und lächelnd am Esstisch mit guter Sicht zur Voliere. Warum er so vergnügt sei, fragte sie ihn; sie hoffe für ihn, dass mit dem Bentley alles so laufe, wie er es ihr gesagt habe.

Wie jeden Abend öffnete sie die geräumige Voliere, Cäsar flog auf ihre rechte Schulter, streichelte mit der linken oberen Kralle über ihre Wange und krächzte: „A.A.A ist da". Etwas war heute anders, sie fühlte an der Backe einen ganz leichten Schmerz, sie würde Cäsar die Klauen kürzen müssen. Wie kam der G. dazu, sie jetzt eine fette Schlampe zu nennen, das hatte der Feigling noch nie gewagt. Dafür würde sie ihn jetzt in den Schwitzkasten nehmen, das kenne er ja bereits. Sie machte einen Schritt auf ihn zu, aber er war nicht mehr da, es war überhaupt nichts mehr da.

G.'s neues Leben mit Sturz und Aufstieg

Es war ein sonderbares Begräbnis, das der A. Die Anzahl der Trauernden war überschaubar, und eigentlich machten sie nicht den Eindruck von Trauernden. Von A.'s Familie waren einige Onkels und Tanten da, alle hochbetagt, dann noch ihr Bruder, mit dem A. wegen einer Erbschaftssache zerstritten gewesen war. Die Alten litten unter der Novemberkälte, fröstelten, und waren in Gedanken schon beim Leichenschmaus, wo sie sich bei der traditionellen heißen Rindssuppe mit Würsteln und Fadennudeln aufwärmen würden. Diesen hatte G. widerstrebend organisiert, weil er zu seinem Missvergnügen für die Kosten wohl werde aufkommen müssen. A.'s Bruder, den keiner, der ihn kannte, leiden mochte, wirkte ebenso arrogant wie teilnahmslos, war Banker und Anhänger der antiken Stoa, die, wie bekannt, jede emotionale Regung verbot. Es waren dann noch die Direktorin von A.'s Schule zugegen und die Kolleginnen Elvira und Barbara, wobei erstere nur Augen für den G. zu haben schien. G.'s Trauerkranz bestand aus roten Rosen; auf der Schleife stand zu lesen: „Du warst mir immer teuer und kostbar. Dein G.".

Der Matteo hatte den G. angerufen, ihm kondoliert, leider könne er nicht zum Begräbnis kommen, die kleine Tochter seines Neffen in einer nur unwesentlich weniger korrupten Provinzstadt weiter im Westen des korrupten Kleinstaates habe den ersten

Milchzahn verloren, und das werde in der Familie traditionellerweise gefeiert. Im Übrigen wundere Matteo sich, dass es mit der A. so rasch zu Ende ging, habe er sie doch noch zwei Tage vor ihrem Verscheiden in der Altstadt getroffen, da habe sie ihm mit der Kraft ihrer über 130 Kilo spaßeshalber die Hand so kräftig gedrückt, dass sie ihn heute noch schmerze. Dann habe sie, der G. möge sich das aus heutiger Sicht einmal vorstellen, ihn gefragt, ob er mit ihr nicht ein Martinigansl mit Serviettenknödeln und Blaukraut essen gehen möchte, sie komme um vor Hunger. Wie sie sich denn in letzter Zeit verstanden hätten, hatte der Matteo noch gefragt.

Einzig G. war in Tränen aufgelöst, stieß glucksende Laute aus, die ansatzweise an unterdrücktes Lachen erinnerten, aber von der Trauerfamilie als Ausdruck besonderer Ergriffenheit gewertet wurden. Ein Eindruck, der auch vom anwesenden Staatsanwalt und dem ihn begleitenden Kriminalkommissar so gewertet wurde. Nachdem der plötzliche Tod von A. durch die vorgenommene Autopsie keine Erklärung brachte, fanden es beide Herren angebracht, G.'s Reaktion beim Begräbnis zu beobachten. Als lang gedienten Juristen in der korrupten Kleinstadt war dies dem G. wohl bewusst, beunruhigte ihn aber nicht im Geringsten, denn er wusste die intellektuellen Möglichkeiten von Justiz und Exekutive richtig einzuschätzen. Nicht umsonst zog es Schwer- und Leichtkriminelle in die korrupte Kleinstadt, denn es hatte sich vor allem im östlichen Teil der EU herumgesprochen, man könne dort so-

gar im Stadtzentrum um die Mittagszeit relativ ge-
fahrlos ein Juweliergeschäft ausrauben.

So ahnte niemand, dass G.'s Tränen solche der
Freude waren, und seine glucksenden Laute verhal-
tenes Lachen. Welche Last war von seinen Schultern
gewichen! Wenn er sich nur vorstellte, was ihm
beim Eingeständnis geblüht hätte, er könne gar keinen Bentley kaufen, ja nicht einmal einen Smart
könne er erwerben, weil er durch ihr Zutun völlig
pleite sei. Aber das hätte er sich nicht getraut, der A.
zu sagen; er hatte richtiggehend Angst vor ihr gehabt. Sie war unglaublich stark: Einmal hatte sie ihn
in den Schwitzkasten genommen und ihm immer
nur so viel Luft gelassen, dass er einen Satz kräch-
zen konnte, dann hatte sie wieder zugedrückt. So
hatte es sieben Intervalle bedurft, bis er stammelnd
versichern konnte, er werde die Kreuzfahrt mit der
Costa Concordia buchen.

Bei der Grabrede des Pfarrers mussten sich selbst
die betagten Onkels und Tanten zusammennehmen,
um nicht laut aufzulachen, denn er lobte den edlen
Charakter der Verstorbenen und ihre vorbildliche
Einstellung zur katholischen Kirche, sie sei ja als
Oberlehrerin auch für den Religionsunterricht zuständig gewesen. Einige Male während des Jahres
habe sie ihn als Pfarrer gebeten, ihren Religionsunterricht mit einem Gebet und dem göttlichen Se-
gen zu verschönern. Ihm seien die Tränen vor Rührung in den Augen gestanden, wie sie die jungen
Menschen vor der Todsünde der Unkeuschheit

warnte, sie aufforderte, bescheiden zu sein, denn nur so gelangten sie zur wahren Glückseligkeit. Auch möchte er nicht unerwähnt lassen, dass die Verschiedene sich für die armen Migrantenkinder aufgeopfert habe, indem sie ihnen kostenlos Nachhilfe erteilte, das sei aber nur eine gute Tat von vielen gewesen.

Am wenigsten konnte sich die Kollegin Barbara beherrschen, die einen heftigen Lachanfall in letzter Sekunde in einen Hustenanfall umwandeln konnte. Elvira hingegen hatte nur Augen für G.; so waren Staatsanwalt, Kommissar und sie die einzigen, die von den Abschiedsworten des Pfarrers nichts mitbekamen.

Der anschließende Leichenschmaus fand im nahe gelegenen Gasthof „Zur Hölle" statt. Dort war G. nach einigen Gläsern Wein und zwei Whiskey Cola in bester Stimmung, war witzig und eloquent, was alle, bis auf Staatsanwalt und Kommissar, erstaunte, denn die waren gleich nach dem Begräbnis zufrieden abgezogen und überzeugt, dass G. nichts mit dem Tod von A. zu tun habe.

Es war ein völlig neuer G., zu dem Elvira sich mehr und mehr hingezogen fühlte, und ihm dies, beschwingt durch einen Tee mit Rum und zwei Glas Sankt Laurent, mit einem anmutigen Augenaufschlag gestand. Ihr Herz, das sie nach dem Vorfall mit dem Besitzer des VW Passat mit den weißen Ledersitzen in Sachen Liebe versperrt hatte, den Schlüssel dazu aber noch besaß, begann stürmisch zu pochen, bis Elvira es entsperrte und ihm freien Lauf ließ.

Die Trauergäste waren lange schon entschwunden, die Sperrstunde nahte, da saßen G. und Elvira Händchen haltend immer noch da und blickten sich verliebt in die Augen. G. fand in Elvira das, was er ein Leben lang vermisst hatte: Sie war warmherzig, bescheiden und liebevoll, bestand anfangs auf getrennter Rechnung, bezahlte später auch für G., als sie von seiner finanziellen Situation erfuhr. Er möge sich um Himmels Willen wegen eines eigenen Autos keine Sorgen machen, ihr Opel Corsa genüge doch für sie beide, er könne ihn jederzeit haben, wenn er ihn brauche. Ein Auto sei doch völlig unwichtig, wichtig sei ihre späte innige Liebe, die sie in vollen Zügen genössen.

Der Himmel war voller Geigen, als G.'s Manneskraft wiederkehrte, die sonst immer nur in seinem Lieblingspuff in der Strada Signore in Udine kurz aufflammte. G. ließ sich, man stelle sich das vor, auf Bitten Elviras vom Rest seiner Haare befreien, die ihm fast ein Leben lang Glück und Freude versagten. Sie liebe Männer mit Glatze, war als Teenager verliebt in Yul Brynner und später in Telly Savalas; jetzt sei ihr Lieblingsschauspieler der Bruce Willis. Aber keinen fände sie so charismatisch wie ihn.

G. genoss sein Leben mit Glatze in vollen Zügen: wie schön war das Gefühl, wenn beim Duschen die Wassertropfen seine Schädeldecke liebkosten, er konnte Hut und Mütze tragen, bei Regen, Sonne und Kälte außer Haus gehen. Mit Elvira machte er regelmäßig kurze Spaziergänge, längere gestattete ihm sein von einer rheumatischen Krankheit gerundeter Rücken nicht. – Einmal wagte er alleine eine Wanderung auf den Mönchsberg, dort war er zuletzt mit 14 Jahren bei einem Schulausflug gewesen. Es ging besser als erwartet, das Leben mit Elvira hatte seiner Gesundheit gut getan; so befand er sich schon nach einer halben Stunde oberhalb des Verdihofes, unter dem sich der große Konzert- und Theatersaal befand. Nun doch ermattet und schon in Gedanken bei Elvira, mit der er vor dem Theater verabredet war, stolperte G. eine über dem schmalen Weg liegende Wurzel eines Baumes. Die Folge war ein Flug Kopf voraus in Richtung des großen Theater- und Konzertsaales, dessen Dach mit transparenten Kunststoffplatten abgedeckt war, die G., ohne Schaden zu nehmen, in hohem Tempo durchschlug.

Ein schöner Zufall wollte es, dass dort gerade die Premiere des „Adventspiels" stattfand. Hierbei handelt es sich um eine Aufführung (Theater und Gesang), welche die Herbergssuche von Maria und Josef in Bethlehem zum Inhalt hat. Das Ganze spielt im alpinen Milieu, sodass man, wenn man den religiösen Hintergrund nicht kennt, annehmen darf, das Jesuskind sei in einer Heuhütte am Rande eines Schlepplifts auf die Welt gekommen. Diese Veranstaltung wird bis kurz vor Weihnachten wöchentlich wiederholt und spricht ein eher robustes und kitschverliebtes Publikum an, das nach der Vorstellung am Christkindlmarkt Punsch, Glühwein, Obstler und Bier wahllos in sich hineinschüttet, sich in erklecklicher Zahl gegen 22:00 Uhr in dunklen Ecken, aber auch auf offener Straße übergibt und den Nachbarn am nächsten Tag erzählt, wie sehr es die adventliche Stimmung in der Provinzstadt genossen hätte.

G. setzte seinen Flug fort und landete mit dem Rücken in der Krippe, wo das blond gelockte Jesuskind lag. Dem physikalischen Gesetz folgend, demzufolge dort, wo ein Körper ist, kein anderer zur gleichen Zeit sein kann, flog das holde Kind in hohem Bogen ins Publikum und in die Arme einer alten Jungfrau, die sich Zeit ihres Lebens ein Kind gewünscht hatte, aber die Technik der Zeugung als „nasty" empfand und nur auf ein Wunder hoffen konnte (wie Maria schwanger durch den Heiligen Geist), das sie jetzt als geschehen betrachtete.

Auf der Bühne waren alle völlig durcheinander: die Mutter Maria deckte den G. mit einer warmen Decke zu, und die Hirten knieten vor ihm nieder und beteten ihn an, die Heiligen Drei Könige schwenkten das Weihrauchfass und warfen ihm Myrrhe in die Krippe, der Chor sang „Du holder Knabe mit lockigem Haar". Das Publikum applaudierte frenetisch, was für eine Inszenierung! Was für ein Einfall! – Als sich die Schockstarre löste, versuchten zwei eher schmächtige Hirten vergebens der Neo-Mutter ihr Kind zu entreißen. Erst das Eingreifen des Nährvaters Josef, eines stämmigen Bauern aus dem Ofental, brachte die Wende, indem er ihr den linken Arm nach hinten drehte, so konnten die Hirten das Jesuskind befreien. Die Gottesmutter zog dem still daliegenden G. die Decke weg und meinte, er solle sich schleichen.

Der G. wäre am liebsten liegen geblieben, so herrlich war das Gefühl, keine Schmerzen mehr im Rücken zu spüren. Dann fühlte er, dass seine Wirbelsäule ohne Krümmung war: der Landung mit dem Rücken auf dem Jesuskind hatte er das zu verdanken. Welch ein Wunder, wer sollte nicht an ein solches glauben!

Zumindest gab es derer drei: Nummer 1, der liebe Gott hielt seine Hand über den Braunauer, als Stauffenbergs Aktentasche voll mit Sprengstoff explodierte; Nummer 2, Giftgas-Karl I. heilte eine Nonne im brasilianischen Urwald von ihren Krampfadern; Nummer 3, der G. stürzte auf das Jesuskind und konnte geradestehen wie ein Gardeoffizier.

Behände sprang der G. aus der Krippe, bedankte sich artig mit einer Verbeugung vor dem applaudierenden Publikum und verließ federnden Schrittes die Felsenreitschule, um sich vor dem Festspielhaus mit Elvira zu treffen. Sie, die den neuen G. nicht gleich erkannte, brach dann, als G. ihr von seiner wundersamen Heilung berichtete, in Jubel aus und meinte, vielleicht wären sie beide für ein blond gelocktes Knäblein noch nicht zu alt.

Irrsiegler stellt einen Wildschütz

Die Episode mit Kukulcán und Ix Chebel Yax im Völkerkundlichen Museum blieb für Irrsiegler nicht ohne Folgen. Sein unmittelbarer Vorgesetzter, Siegfried-Hagen Z., stellte unangenehme Fragen. Wie es dazu kommen konnte, dass die beiden Maya in der Toilette unbemerkt blieben, ob Irrsiegler da geholfen habe, der Verdacht bestehe. Ein Kollege habe beobachtet, dass Irrsiegler mit der Maya-Frau jeden Tag Mozartkugeln genascht habe. Das Verhalten Irrsieglers sei ein eng-freundschaftliches gewesen, sei ihm berichtet worden. Man munkle auch unter Kollegen, dass Irrsiegler politisch linkslastig sei; in seinem Wohnzimmer befänden sich Fotografien von Rudi Dutschke, H Chí Minh, Mao und Karl Marx. Das sei von jemandem angezeigt worden, der vom gegenüberliegenden Haus in sein Wohnzimmer sehen könne. Der Verfassungsschutz habe bei ihm deswegen vorgesprochen. Irrsieglers Anstellung im Museum wackle bedenklich.

Irrsiegler komme aus dem Waldviertel, an der Grenze zu Tschechien, sei also den Slawen zuzurechnen, das erkläre ja einiges. Dort könne man sich ja nicht einmal richtig auf Deutsch unterhalten. Irrsiegler sei eigentlich ein Mann ohne Sprache, er grunze eine Art von Untermenschen-Dialekt, der sein germanisches Blut in Wallung bringe, so wahr er Siegfried-Hagen Z. heiße. Er versetze Irrsiegler nun in die Abteilung „Afrika" zu den Untermenschen, die von Gott erschaffen wurden, um höheren Rassen zu dienen. Da passe er hin, wahrscheinlich sei einer seiner Urahnen des Böhmen Ottokars Spucknapf und Hofnarr gewesen. In der Schlacht bei Dürnkrut habe sich mit dem Habsburger Rudolf I. die bessere Rasse durchgesetzt. Aber Irrsiegler wisse vermutlich nicht einmal, welche Bedeutung die Schlacht bei Dürnkrut gehabt habe.

Siegfried-Hagen Z. war Irrsieglers Antipode, in jeder Hinsicht. Irrsiegler war intelligent, belesen und gebildet, hatte einen aufrechten Charakter, war mutig und gutmütig. Gutmütig allerdings mit einer Einschränkung, und die betraf Siegfried-Hagen Z. Was ihn anbelangte, war Irrsiegler sogar rachsüchtig. So nütze er jetzt die Gelegenheit, Siegfried-Hagen Z. vor den mittlerweile versammelten Kollegen bloßzustellen, ihn seine intellektuelle Überlegenheit spüren zu lassen: Irrsiegler schlug die Haken zusammen, nahm Habtachtstellung ein, hob den Arm zum Führergruß und brüllte dazu passend aus voller Kehle: „Danke Herrn Blockwart für die Versetzung in die Abteilung Afrika. Werde dort vor der Vitrine Generalfeldmarschall Erwin Rommel jeden Morgen um 10:00 mit diesem Lied der Schlacht von El Alamein gedenken.

Mit seiner schönen Countertenorstimme hub Irrsiegler an:

„Wir sind das deutsche Afrikakorps, des Führers verwegene Truppe. Wir stürmen wie die Teufel hervor, versalzen dem Tommy die Suppe. Wir fürchten nicht Hitze und Wüstensand, wir trotzen dem Durst und dem Sonnenbrand. Marschieren beim Takt unserer Trommel, vorwärts, vorwärts: Vorwärts mit unserem Rommel!"

Eine besondere Freude wäre es ihm, wenn Herr Blockwart dem Gedenken beiwohnen könnte, würde er doch durch seine Gestalt – groß, blond, blauäugig und mit Schmissen im Helden-Antlitz – der kurzen Feier eine gewisse Authentizität verleihen. Wenn Herr Blockwart beim Lied die zweite Stimme singen möchte, würde er mit ihm üben. Sollte das Erlernen des Liedtextes für Herrn Blockwart ein nicht zu bewältigendes Hindernis darstellen, würde es genügen, wenn er für die Dauer des Liedes in kurzen Abständen immer nur „Heil" rufen würde. Das könne sich Herr Blockwart sicher merken.

Das Gelächter der Kollegen endete erst, als Siegfried-Hagen Z. mit ausgestreckten Armen und zum Würgen geformten Händen auf Irrsiegler zustürzte. Erfahren durch Prügeleien mit Polizei und Trägern von Fallschirmspringerstiefeln bei Demonstrationen ließ Irrsiegler den Blockwart durch eine elegante Drehung ins Lehre laufen, aber nicht ohne ihm noch ein Bein zu stellen, was auf dem gut gebohnerten Parkett eine lustig anzusehende Rutschfahrt zur Folge hatte.

Das Verhältnis Irrsiegler versus Siegfried-Hagen Z. war deutlich unterkühlt, und Irrsiegler wusste, dass seine Tage im Museum gezählt sein würden, wenn ihm nicht etwas einfiele. Und es fiel ihm etwas ein: Schon lange hatte er beobachtet, dass Siegfried-Hagen Z. am Morgen jedes Montags in Jägerkleidung eintraf. Häufig waren Gesicht und Hände zerkratzt, die hohen Schuhe mit Profilsohle waren lehmverschmiert. Und Siegfried-Hagen Z. sah müde aus, todmüde, als wäre er die ganze Nacht in Wald und Heide unterwegs gewesen. Und einmal war Siegfried-Hagen Z.'s Gesicht noch teilweise geschwärzt, was ihn, zusammen mit seinem Weidmanns-Outfit, wie einen Wilderer aussehen ließ. Das hatte im Museum zu Irritationen geführt, Irrsiegler aber auf eine Spur gebracht, die zu verfolgen er als lohnend einschätzte.

Als erstes fragte er beim Wiener Landesjagdverband im Stadioncenter Olympiaplatz 2 an, ob ein gewisser Siegfried-Hagen Z. dem Verband angehöre. Wie erwartet, war dieser dort nicht bekannt. Nun begab sich Irrsiegler auf die Pirsch: Unauffällig nahm er am Samstag die Verfolgung auf, die ihn – immer in Sichtweite hinter Siegfried-Hagen Z. – in den Wienerwald führte. Dort beobachtete er im fahlen Lichte des Halbmondes, wie Siegfried-Hagen Z. dem Rucksack mehrere Teile entnahm und diese zu einem Jagdstutzen zusammenschraubte. Dann schwärzte er sein Gesicht und legte sich am Rande einer Lichtung auf die Lauer. Irrsiegler musste nicht lange warten, da tauchte ein ausgewachsener Rehbock auf, den Siegfried-Hagen Z. mit einem gezielten Blattschuss erlegte, als Jagdtrophäe den Kopf vom Hals trennte und im Rucksack verstaute. Den

Rest des armen Tieres ließ er an Ort und Stelle liegen.

Siegfried-Hagen Z. genoss offensichtlich als Wilderer den Nervenkitzel des Gefährlichen und Verbotenen, das war für Irrsiegler sonnenklar; beim nächsten Mal würde er ihn auf frischer Tat ertappen und ihn der Polizei übergeben. Am Samstag nach Dienstschluss fuhr Irrsiegler nach Waidhofen und besuchte dort seinen Freund Viktor, den er im Zuge der 68-Bewegung kennen und schätzen gelernt hatte und von dem er wusste, dass dieser ein Gewehr besaß, mit dem er einst im Alleingang Äthiopien von Mengistu Haile Mariam befreien wollte, was aber wegen eines unerwartet aufgetretenen Bandscheibenvorfalls nicht zustande kam. Nachdem Irrsiegler dem Freund sein Vorhaben geschildert und dezidiert auf die starke Rechtslastigkeit wie auch die Schmisse im Gesicht seines Kontrahenten hingewiesen hatte, war dieser nur mit Hinweis auf eine anstrengende Verfolgung über steiles Gelände und dessen lädierte Bandscheiben davon abzuhalten, Irrsiegler zu begleiten.

Tags darauf, es war kalt und regnerisch, wartete Irrsiegler dort, wo Siegfried-Hagen Z. seinen Jeep Grand Cherokee das letzte Mal geparkt hatte. Es dauerte nicht lange und Siegfried-Hagen Z. traf ein, dieses Mal einen beschwerlichen Weg durch Gestrüpp und Gebüsch nehmend. Irrsiegler war am Ende seiner Kräfte, als Siegfried-Hagen Z. endlich seinen Platz für die Pirsch gefunden hatte. Lange

Zeit geschah nichts, und Irrsiegler begann jämmerlich zu frieren, da erschien aus dem Unterholz ein kapitaler Keiler.

Siegfried-Hagen Z. legte auf den Keiler an, Irrsiegler auf Siegfried-Hagen Z. und rief: „Jetzt hab' ich dich, Blockwart Jennerwein, lass fallen, und Hände hoch." „Sehe ich richtig, der Mao Tse-tung aus dem Waldviertel spioniert dem Arier nach. Dein letztes Stündchen hat geschlagen, Irrsiegler." Beide nahmen Ziel, beide Schüsse fielen zur gleichen Zeit, jeder wusste vom anderen, dass er tot sein würde, bevor er zu Boden sank. (I knew he was dead long before he went down. – Tony Christie.)

Wie ungerecht ist des Schicksals Macht

G. und Elvira liebten sich wie am ersten Tag ihrer Beziehung und beide meinten zu Recht, sie wären füreinander bestimmt. Das käme selten vor, man müsse dem lieben Gott dafür danken. G.'s finanzielle Probleme wurden mit Elviras Hilfe nach und nach gelöst. Man hatte sich am 15. Mai im weltberühmten Marmorsaal des Schlosses Erberfeld das Jawort gegeben. Der Himmel hing, wie man zu sagen pflegt, voller Geigen.

Elvira wusste, wie sehr G. ein Fan von Sissi war, und es freute sie immer wieder, wenn er zu ihr sagte, sie sehe aus wie sie. Sie sei Sissi so ähnlich, dass er schon beginne zu glauben, sie wäre die Inkarnation von ihr. (Was Elviras Ähnlichkeit mit Sissi betraf, sah G. sie wohl mit dem Kaleidoskop des Verliebten; aber wer sollte ihm das nicht gönnen?) Er selbst, so meinte G., käme sich vor wie die Inkarnation von Franz Ferdinand. Der sei auch ein so aufrechter Katholik gewesen wie er. Es habe ihn auch nie gestört, dass Franz Ferdinand so viele Wildtiere geschossen habe. Machet euch die Erde untertan, so stehe es in der Bibel, und die Viecher sollten nur wissen, wer der Herr der Schöpfung sei.

Wenn er nur an diese Weicheier von Vegetariern denke mit ihren kümmerlichen Figuren, dann schmecke ihm ein Hasenpfeffer besonders gut. Wie gut dem Thronfolger die Braten von Reh, Hirsch und Wildsau getan hatten, zeige, dass er neben täg-

lichen stundenlangen Gebeten und seiner Jagdlei-
denschaft auch noch Zeit hatte, mit seiner Frau So-
phie vier Kinder zu zeugen.

Bei Elvira sei es auch noch nicht zu spät, an
Nachwuchs zu denken, da würden bei gläubigen
Eheleuten manchmal Wunder geschehen. Wie Elvira
sicher wisse, hatte die Base der Gottesmutter Maria,
Elisabeth, in hohem Alter noch ein Kind empfangen,
obwohl sie als unfruchtbar galt.

Schon bald nach ihrer Hochzeit begannen G. und
Elvira Orte zu besuchen, an denen Sissi gewesen
war. Sissi war viel gereist, und man mag es kaum
glauben: durch Europa fuhr sie meist mit einem
eigens für sie gebauten Hofsalonwagen, der aus
einem Salon- und einem Schlafwagen bestand. Der
Hofstaat, der sie begleitete, umfasste 102 Personen.
Mit von der Partie waren neben den Hofdamen
auch Köche und Zuckerbäcker. Selbstverständlich
verzichtete die Kaiserin weder auf ihre Stallbur-
schen noch auf den Hoftafelgestalter. Selbst Postbe-
amte begleiteten die Kaiserin, um vor Ort ein Tele-
grafenamt installieren zu können, damit die Kaiserin
überall erreichbar blieb.

G. und Elvira hatten bereits die Hermesvilla im
Lainzer Tiergarten in Wien, Schloss Gödöllő in
Ungarn, Madeira und Korfu besucht. Die nächste
Reise führte sie an den Genfersee, wo der italieni-
sche Anarchist Luigi Lucheni Sissi mit einer von ihm
selbst zugespitzten Feile tödlich verwundete.

EPILOG

Pierre Moulin, der entlang der Promenade des Genfersees für den Triathlon in Montreux sein Lauftraining absolvierte, stieß auf zwei reglos am Boden liegende Personen und verständigte mit seinem Handy umgehend die örtliche Polizei.

Diese, beziehungsweise deren Forensiker, konnten nur noch den Tod des Mannes und der Frau feststellen. Die mitgeführten Dokumente der beiden Toten ergaben, dass es sich um ein Ehepaar aus dem Kleinstaat Österreich handelte. Der Mann war offensichtlich emeritierter Anwalt, seine Ehefrau bis zu ihrer Pensionierung Lehrerin.

Die gerichtsmedizinische Untersuchung ergab, dass der Mann durch einen Revolverschuss in die Stirn getötet wurde, die Frau durch eine primitiv zugespitzte rostige Metallfeile, die zwischen der vierten und fünften linken Rippe in das Herz eingedrungen war.

Ein konsultierter Sachverständiger der ETH Zürich stellte zum Erstaunen aller fest, dass Feile und Patrone aus dem beginnenden 20. Jahrhundert stammten.

Zeitfracht Medien GmbH
Ferdinand-Jühlke-Straße 7
99095 Erfurt, Deutschland
produktsicherheit@kolibri360.de